야무지게 비벼 먹는
소중한 하루

야무지게 비벼 먹는
소중한 하루

기라성 지음

자상한시간

당신의 하루는 맛이 좀 괜찮습니까?

2014년, 내게도 직장이란 게 생기고 말았다. 고등학교 국어 선생님. 이것은 좋은 일이다. 좋은 일인데, 어찌 보면 또 두려운 일이기도 하다. 이등병은 어딜 가도 어리바리하며, 바보짓을 일삼기 마련이니까. 그런 꼴을 보이지 않으려면 언제나 정신을 바짝 차리고 있어야 한다는 것쯤은 나도 이미 알고 있었다.

첫 일 년은 정말 '피폐'라는 단어가 딱 들어맞는 시간이었다. 일이 느리다 보니 매일 같이 남아서 밀린 업무를 처리해야 했고, 이등병을 데리고 회식하길 좋아하는 선임들이 있었고, 술을 마신 다음 날엔 늘 컵라면으로 아침 해장을 해야 했고, 자연스레 건강은 망가져만 갔다. 정신을 차릴 틈이 없던 한 해였다.

인간은 후회의 상징과도 같은 동물이다. 늘 겪고 나서야 정신을 차리곤 하니까. 위궤양이란 병명을 말하니 선임들은 이등병을 풀어주었다. 의가사 전역이라도 하면 큰일이니까. 입사한 지 근 일

년 만에 처음으로 건강을 돌아볼 여유가 생겼다. 아파야 건강을 챙기는 이 미련하고도 역설적인 인간의 삶. 인간이 곧 살아있는 시詩라는 걸 당신도 알고 있을까?

건강의 시작은 잘 먹고, 잘 자고, 잘 싸는 것이라는 위대한 사유를 나는 어디선가 들은 게 분명했다. 잘 먹을 생각부터 하고 있었으니. 이 세 가지는 분리된 것이 아니다. 나름의 인과관계를 가진 연결고리가 있다. 이는 결코 어려운 말이 아니다. 잘 먹어야 잘 싸고, 잘 싸야 잘 잘 수 있다는 것. 그래서 일단은 잘 먹기로 한 것이다. 그래서 시작한 요리 라이프!

요리에 발을 들인 후 첫 시작은 그리 순탄치 않았다. 원래 세상사가 다 그러하긴 하지만. 요리든 뭐든 무언가에 빠진 사람들에게 나타나는 공통적인 현상이 있는데 일단은 허우적거리기 마련이라는 것. 그래서 도구의 필요성을 절감하게 된다. 장비빨! 장비빨을 세우기 시작한다. 지구의 요리인ㅅ들은 제일 먼저 잘빠진 칼과 도마를 구입한다. 아니 구입하려다가, 망설인다. 전문가용 조리도구들은 상상 이상으로 몸값이 높다는 걸 알게 되기에. 점점 이연복 셰프님의 중식도나 유명 유튜버들의 엔드그레인 도마 같은 건 사치스럽게 느껴질 것이고, 이에 그들은 세상 모든 것이 다 있는 '다이소'로 향할 것이다. 물론, 나 역시 그러하였다.

다이소 덕분에 생긴 여윳돈 -이라 불러도 될지는 모르겠으나- 은 고스란히 식재료에 투자할 수 있게 된다. 장비빨 대신 재료빨을 세운달까. 그렇다면 과연 어떤 식재료를 살 것인가. 아마 지구의 요리인ㅅ들은 스테이크용 소고기를 알아볼 것이다. 로망부터 실현해야 하니까. 스테이크와 파스타 같은 요리를 고급 레스토랑도 아닌 집에서, 스스로, 해 먹었다는 자신감과 만족감을 얻고자 할 것이다. 물론, 나 역시 그러하였다.

이제 다음 단계, 소고기에 좌절할 차례다. 우리나라 소들의 몸값이 역시나 상상 이상으로 높다는 걸 알게 된 지구의 요리인ㅅ들은, 가만히 호주와 미국의 대평원을 떠올린다. 그곳에서 뛰어노는 소들의 몸짓, 그 아름다움을 찬양하며 과감히 재료빨을 포기할 것이다. 구워놓으면 어차피 다 똑같다며, 잘 구우면 한우 못지않을 것이라며, 스스로 위안을 삼을 것이다. 물론, 나 역시 그러하였으나 결과적으로 정말 그러하였다. 정말 한우 못지않은 맛이었다. 그렇게 요리 라이프는 아주 성공적으로 여전히, 무난히, 유유히 이어지고 있다.

그런데 말이다,

요리라는 걸 하고부터 세상을 바라보는 눈이 달라졌다. 정확하게는 좀 더 능동적인 하루를 살게 되었다고나 할까? 먹는다는 건 역시나 지구인의 삶에선 가장 중요한 행위임에 틀림이 없다. 더 잘 먹고 싶었고, 잘 먹다 보니 더 잘 살고 싶었고, 더 잘 산다는 것의 의미를 파헤치다 보니 결국 여기까지 온 것이다. 글을, 쓰게 되었다.

그래서 말이다,

　오해할 것 같아 이쯤에서 정리하고 핵심만 말하자면 이 책은 결국 요리에 관한 내용이 아니다. 무슨 말이냐고? 요리는 거들뿐, 그저 사람 사는 이야기를 하고 싶었다. 당신이 앞으로의 끼니를 기왕이면 직접 차려 먹길 바라는 마음, 그리고 당신이 차릴 밥상에 음식만 있는 게 아닌, 사랑과 위로, 성장과 사람이 함께 하길 바라는 마음으로 쓴 글이니 아주 맛있게, 든든하게 읽어주길. 그것만으로 나는 아주 배가 부를 것 같다.

　　　　　　　　　　　　2024년, 여전히 밥상머리 앞에서
　　　　　　　　　　　　기라성

프롤로그 - 당신의 하루는 맛이 좀 괜찮습니까?

1장. 사랑의 레시피

차례

🥄 2장. 관계의 레시피 🍴

🥄 3장. 위로의 레시피 🍴

4장. 성장의 레시피

 에필로그 - 글맛은 좀 괜찮았는지 모르겠습니다

일러두기

이 책의 본문은 '을유1945'서체를 사용했습니다.

1장. 사랑의 레시피

우린 오징어순대 같이 먹는 깐부잖아

서로의 비밀을 공유하고 싶어진다면, 아마 그건 사랑이겠지.

'아는 만큼 보인다고 하는데…….'

아는 것이 많다고 자부하다가 보지 못했음에도 보았다고 믿으며 결국 많은 것을 잘못 판단하게 되는 경우가 생긴다. 차라리 무지한 편이 나을지도. 특히나 주변인을 볼 때 이러한 선입견이 아주 쉽게 작용하곤 한다. 나이도 먹을 만큼 먹었는데, 이젠 좋은 이들을 놓치는 바보 같은 짓은 그만하고 싶다. 당신도 그러하다면, 지금 당장 오징어순대를 만들어보도록 하자!

손질된 통오징어는 마트에서 아주 저렴한 가격에 구매할 수 있다. 4,000원 남짓한 가격에 무려 두 마리! 이제 당신은 매끈한 오징어 안에 무엇을 어떻게 채울지만 고민하면 된다. 당신의 고민을 좀 덜어줘 볼까?

이탈리아식 오징어순대를 만들기 위해 먼저 새우, 조개, 관자 등을 잘게 썰어 올리브오일에 볶아준 다음 볼에 넣고 토마토, 달걀과 함께 섞어준다. 그리고 잘 섞인 재료를 살짝 데친 오징어에 야무지게 채워주는데, 빈 곳이 없도록 꾹꾹 눌러 담아주어야 한다. 그리고는 역시나 오일을 두른 팬에 오징어를 올려 굽다가 토마토소스를 부어 자글자글 끓여주면 이탈리안 스터프드 칼라마리Italian Stuffed Calamari 완성. 마지막에 바질 같은 각종 허브를 올려주면 향이 극대화될 수 있다. 이 레시피는 구독자 388만 명을 자랑하는 <Laura in the Kitchen> 채널에서 알게 되었다. 이 채널을 운영하는 로라 비딸레Laura Vitale는 이탈리아 나폴리 태생으로,

어린 시절부터 할머니께 요리를 배워 유럽 가정식에 관해 광범위하고 해박한 지식을 가지고 있다고 한다.

필리핀의 이니하우 나 푸싯Inihaw Na Pusit이라는 요리는 잘게 썬 양파, 토마토, 생강과 소금, 후춧가루를 섞어 오징어 속을 채우고 그릴에 구워내는 방식을 사용한다. 필리핀 요리 전문가 반조 메라노Vanjo Merano가 운영하는 요리 블로그에는 다양한 필리핀 요리법을 아주 상세하게 소개하고 있는데, 이곳에서 이니하우 나 푸싯Inihaw Na Pusit 조리에 있어 주의해야 할 점으로 강조한 것은 역시나 굽는 시간이었다.

"For grilling, you have to keep a close eye on your squid. Remember that it can be very easy to end up with a rubbery squid, and so be careful not to overcook it. To get it tender while cooked all the way through, grill the first side of your pusit for 6 to 8 minutes. Then turn each squid over, and grill it for the same amount of time."

Panlasang Pinoy 블로그 발췌

(직접 해석은 못 하니 번역기의 힘을 빌려)정리해보면 한 면을 6~8분 익히고 뒤집어서 같은 시간 동안 구워주는 게 포인트이다. 너무 구우면 고무 식감이 난다고 하니 반드시 신경 써야 할 듯하다.

오징어순대는 지구인 모두에게 사랑받기에 여느 나라에나 레시피가 존재하지만, 누가 뭐래도 최고는 우리나라 속초 오징어순대가 아니겠나. 만두 속 재료를 오징어에 채워 넣고 달걀물을 입혀 튀기듯 기름에 바싹 구워낸 오징어순대는 고소하고 바삭하며 쫄깃한 식감을 자랑하는 속초의 대표 음식 중 하나이다.

그리고 난, 사랑하는 이를 위한 특별한 오징어순대를 만들고 싶었던 난, 과감히 냉장고를 열어 김○를, 대한민국 국민에겐 없어서는 안 될 그 ○치를, 아주 잘게 잘게 썰어 밥과 함께 볶아주었다. 그리고 살짝 데친 오징어에 과감히 그 ○○볶음밥을 쑤셔 넣고 뜨겁게 달군 팬에 가볍게 구워주면 나만의, 아니 그녀만의 오징어순대 완성. 우아하게 포크와 나이프를 들고 부드러운 오징어를 베어내고 나면, 그제야 그녀는 알게 될 테지. 아, 무엇이든 열어보기 전까진 모르는 법이구나, 하고.

누군가는 날 좋은 사람이라 생각하고 있을지 모르지만, 그것은 절대적으로 잘못된 판단일지 모른다. 알고 보면 난, 생각 이상으로 훨씬, 엄청, 매우, 많이, 더 좋은 사람일 테니까! 무슨 말이냐고? 진정으로 사랑하고 싶다면 상대와 최대한 자주 만나야 한다는 것! 어쩌다 한 번만으로는 안 된다. 만나고도 계속 부단히 살피고 들여다보아야 한다. 그 지구인의 매력을 완전히 알게 될 때까지, 계속해서, 쭈욱!

세상 모든 이가 그러하다. 쉽사리 많은 걸 한꺼번에 알려주지 않는다. 아무리 파헤치고 까보아도 계속하여 새로운 면을 보이는 이도 있고, 아무리 파헤치고 까보아도 끝까지 꽁꽁 감춰진 비밀의 존재도 있다. 우리에겐 그리하여 절대적인 인내가, 노력이 필요하다. 좋은 상대를 쉽게 놓치는 바보가 되지 않으려면 말이다.

천천히, 느리게, 조금씩 알아가다 보면 어느덧 그 지구인과 간부가 되어 있는 자신을 발견하게 되지 않을까? 숨겨진 비밀까지 전부 공유하는 그런 소중한 사이 말이다.

지금 보시는 그림의 이름은

거울, 거울입니다.

연근조림을 튀겨보았다,
졸인 걸 튀기면 얼마나 더 맛있게?

연인들은 다들 처음에 영원을 맹세한다. 그리고 그렇게 진짜 영원이 되는 이들이, 있다.

대한민국 어느 동네나 해당 지역에서 생산된 농산물을 저렴한 값에 판매하는 마트가 있다. 신선한 채소를 구하기 쉬워서 한 번 들르면 이것저것 담느라 바빠진다. 물론 단점도 있는데, 내가 원하는 종류가 없을 때가 잦다는 점이다. 지역 농민들이 재배하는 채소들 위주로 진열되기에 주로 양파, 대파, 고추, 가지 같은 보편적인 것들만 만나게 될 때가 많다.

　어느 날, 그간 보지 못했던 -마치 내 허벅지처럼 생긴- 길쭉하고 못생긴 녀석들이 진열장에 채워지고 있었는데 상품명이 '연근'이라고 쓰여 있었다. (아, 연근은 저렇게 생겼구나) 연근이라고 하면 주로 잘린 단면이 이미지로 떠올랐기에 굉장히 낯설고 신선한 만남이었다. 이것도 인연인데, 담아! 가득 담아!

　그런데 말이다. 지구인들이 식재료 구매에 있어 합리적인 소비를 해야만 하는 이유가 있다. 유통기한! 냉장고가 아무리 애를 써도 오래 묵힌 재료들은 썩어버리기 마련이니까. 그래서 해당 식품의 유통기한이 임박하면 얼른 '냉털'을 해야 한다. 한동안 방치했던 연근 두 덩어리가 눈에 들어왔으니, 그전까진 완전히 손질된 것들만 사용하다가 갑자기 덩어리째 놓인 녀석을 손도 못 대고 있던 탓이었다. 별 수 있나, 당장 요리해서 와구와구 먹어줘야지!

　연근을 졸였다. 다시마 육수와 간장, 물엿을 넣고 한껏 졸여 완성된 최고의 밥반찬. 참고로 연근을 조릴 때 생강을 넣기도 하는데 우리 집엔 잘 없는 재료라 간장조림을 할 때 대신 팔각 한 알을 넣어주곤 한다. (그런데 이건 왜 있지?) 그러나저러나 한 입 베어

물면 치아 자국이 생길 정도로 부드럽게 씹히는 쫀득함이 있고, '단짠단짠'이란 말을 음식으로 형상화하면 곧장 이 음식이 튀어 나올 것만 같을 정도로 계속해서 손이 가는 매력까지 지닌 연근 조림 덕분에 며칠은 반찬 걱정 없이 보낼 수 있었다. 그런데 또다 시 문제가 발생했으니! 연근을 너무 많이 졸인 것이다. 거의 5~6 인분의 양을 졸여서 어떻게 다 먹을 작정이었을까. 그래도 뭐, 처 음엔 걱정이 없었다. 연근 사냥꾼에게 이 정도는 식은 죽 먹기와 도 다르지 않았으니까. 연근은 맛도 맛이지만 체중 감소에 도움 을 주는 것은 물론 위장 건강 관리에도 큰 역할을 한다고 하는데 이걸 안 먹고 배겨? 아니, 잠깐만, 그런데, 식은 죽은 맛이 없잖아. 죽은 따뜻해야 제맛인데? 게다가 아무리 맛난 음식도 여러 끼 연 속으로 먹다 보면 자연히 질리는 법. 이러다간 연근에게 내가 사 냥당할 판이었으니. 해결책을 강구하다 떠오른 비책, '신발도 튀 기면 맛있다'라는 오래된 전설이 다시 연근에게 손을 내밀게 했 다. 그래, 난 연근을 쉽게 포기할 수 없어!

냉장고 구석에 숨어 있던 연근조림을 꺼내 물에 살짝 헹궈주 었다. (굳이 헹궈주지 않아도 된다) 그리고 튀김가루와 물을 1:1 비율로 섞어 반죽 물 만들어주기. 죄다 담가! 연근 전원 입수! 제 군들, 반죽 물은 제대로 입었나? 아주 만족스럽군. 그렇다면 뜨 겁게 온도가 오른 기름에 이번엔 입유入油! 튀김옷만 익혀지면 되 니 아주 금세 꺼내주도록 하지. 들리는가? 아름답게 튀겨지는 소 리가!

완성된 연근조림 튀김? 아니 이건 졸인 연근 튀김? 여하튼 이 튀김을 꺼내 늘어놓으니 정말이지 아주 먹음직스러웠다. 간장에 졸여져 까만 연근에 튀김옷을 입혀 놓아 그간 보지 못한 색다른 비주얼이 시각을 통해 입맛을 자극하는 듯했다. 실제로 한 입 베어 물었을 때 밥이 생각나기도, 맥주가 생각나기도 했으니 그야말로 일석이조, 일거양득, 누이 좋고 매부 좋고! 짭짤한 맛과 '겉바속촉' 식감이 환상적으로 어우러졌다. 그렇게 연근은 지루함 없이 오랜 시간 내 끼니를 책임져주었다.

식품에 유통기한이 있듯 사랑에도 유효기간이 있다고들 한다. 아마 이걸 '권태기'라고도 하지? 그런데, 사랑은 분명 다르다. 아무리 좋은 것도 지루하게 반복되면 결국 지쳐서 질리게 되겠지만, 이건 상대에 대한 배려와 노력으로 극복할 수 있다. 유효기간 없는 사랑을 추구할 수 있단 말이다.

각자의 연인에게 변화를 요구하라는 게 아니다. 나의 변화를, 그러니까 '내가 더 나은 존재가 되어야겠구나.' 하는 결심을 해보자는 것이다. 상대가 권태를 느낀다고 하여 그걸 무작정 상대에게만 책임을 돌려서는 안 될 테니까. 전적으로 내 탓이라고 -논리적으로 따지고 들면 할 말이 없지만- 그냥, 그렇게 여겨보는 건 어떨까?

건강 관리를 해서 튀어나온 뱃살 빼기, 함께 공유할 수 있는 새로운 취미 갖기, 상대가 좋아하는 영화나 음식 같이 즐기기, 뭐 이런 것들. 족히 시도해볼 만한 변화이다. 사람이 갑자기 변하면 죽는다는 말도 있지만, 어차피 사람은 사랑이 소멸되면 죽는다. 사랑 없이는, 지구인은 살아낼 수 없다. 가톨릭 성가 46번 <사랑의 송가>에도 이런 가사가 있지 않은가.

"사랑 없이는 소용이 없고 아무것도 아닙니다"

그렇다! 우리에겐 사랑이 필요하고, 사랑을 갈구해야 하며, 사랑 없이는 아무것도 아닌 존재가 되리란 걸 생각하며, 더 나은 내가 되기 위한 노력을 하자! 그럼 아마 모두에게 사랑받는 그런 지구인이 될 테니까 말이야!

나 사랑하니? 연근!

나 좋아하니? 연근!

된장찌개엔 언제나 사연이 있지

우리의 일상이 매번 역동적일 수는 없다. 다만 마음으로 구수함을 채울 수는 있다.

글쓰기 커뮤니티를 둘러보다 보면 이혼, 고부갈등, 실직, 뭐 이런 소재들이 자꾸 올라온다. 그리고 그런 글이 매우 인기다. 아니, 이거 뭐 사연 없는 사람은 글도 쓰지 말란 건가 싶을 정도라니까. 사실 이건 오래전부터 느껴왔던 건데 함께 사는 세상이나 희생, 평화 같은 가치보단 싸워서 이기는 방법, 부자 되는 법, 혼자서도 잘 살아남는 방법 따위가 훨씬 더 많은 사랑을 받는 현실이 조금 슬프기도 하다. 왜들 그렇게 아프게만 사는 걸까. 지구인의 삶에 웃음이나 행복만 가득할 수는 없는 걸까.

그나저나 말이다. 퇴근 후 집에 와 된장찌개를 끓이다 생각난 건데, 이상하게도 된장찌개엔 언제나 사연이 있다. 구수한 할머니의 손맛이라든가, 소박한 가족끼리의 식사, 집밥의 상징과도 같은 된장찌개를 끓이며 일상의 공허함을 채운다든가, 일상의 잡념을 비운다든가 하는 이들이 여기저기 참 많기도 하다. 된장찌개가 이리도 대단한 영향력을 지닌 음식이었다니! 그런데 이 된장찌개가 폭소를 터뜨릴 개그 소재가 되어 지구인의 웃음을 되찾아 줄 수 있다면 어떨까?

된장찌개에 된장 대신 치즈를 잘못 넣었다든가, 외국인에게 된장찌개를 대접했는데 그 맛에 반해 청혼을 받았다든가(청혼 반지는 기왕이면 된장찌개 안에 숨겨서?), 된장찌개를 먹고 오래 고생했던 변비나 허리 디스크 통증이 싹 사라졌다든가 하는 사연 말이다. 벌써 웃기지 않아?

그랬으면 좋겠지만, 그리고 지금 이 글을 읽는 당신이 나의 된장찌개가 가진 웃음 코드를 기대했을지 모르지만, 그렇다면 미리 사과한다. 나의 된장찌개엔 사연이 없다. 난 그저 된장찌개가 맛있어서 끓였을 뿐이다. 그렇게 음식 하나하나에 사연을 부여하다간 아마 다들 말라 죽을걸? 우리, 먹기 위해 사는 것 아니었어? 그냥 먹고 즐기자니깐!

대신 나의 된장찌개엔 철칙 혹은 철학이 있다. 메인 재료는 언제나 듬뿍듬뿍 큼직하게 넣어서 끓이기. 두부가 뒤덮었다거나 차돌이 넘치는 된장찌개는 존재감은 물론 정체성도 확실해서 흐지부지 흘러가는 삶의 단면을 확실한 색으로 채워주곤 한다. 잠들기 전 그날 하루를 곱씹었을 때 아무 장면도 그릴 수 없다면 얼마나 슬프겠어. 반대로 그러는 와중에 된장찌개라도 떠올릴 수 있다면 얼마나 만족스러운 하루가 되겠냐 이 말이지.

또 한 가지 철칙 혹은 철학은 된장찌개는 반드시 뚝배기에 끓여야 한다는 것이다. 어떤 음식이든 어울리는 냄비나 그릇이 있기 마련이다. 1인분 찌개를 끓이는데 거대한 중국식 웍을 가져다 쓸 순 없는 노릇이고, 납작한 파스타 그릇이나 간장 종지에 찌개를 덜어낼 수도 없다. 아마 과학적으로 뚝배기가 음식의 열을 잘 보존하고 뭐…… 그런 것도 있을 거다. 적당한 크기의 아무 냄비에나 끓여도 되지 않냐 할 수 있겠지만, 그 적당함을 가장 정확하게 맞춰주는 것이 바로 뚝배기란 거지. 기왕이면 뚝배기! 물론 당신이 원해서 간장 종지에 담아 먹는다고 하면 굳이 내가 그걸 비난할 생각은 없긴 하다.

여하튼 난 된장찌개를 좋아하는 지구인과 사랑을 나누고 싶다. 더 정확하게는 '된장찌개도 좋아하는 지구인'이랄까. 함께 잠들기 전 누워 오늘 당신의 된장찌개는 어떤 의미였나요, 이렇게 물으며 소박한 일상을 공유할 수 있는 그런 존재. 된장찌개 대신 이혼, 고부갈등, 실직, 뭐 이런 소재들을 잠자리에서 나누고 싶진 않다. 물론 알고 있다. 세상은 호락호락하지 않으며 생각보다 많은 사연이 우릴 괴롭히고 있다는 것을. 그렇지만, -의외라고 여길 수 있지만- 상상 이상으로 많은 지구인이 그런 이야기만 하며 산다. 온종일 주변인들을 욕을 해야 직성이 풀린다거나, 하루 일상에 반드시 특별한 이벤트가 있어야 한다거나, 남의 불행만 찾아다니며 -사실 알고 보면 상대적 박탈감에서 비롯된- 상대적 만족을 느낀다거나 하는 그런 이들이 생각보다 훨씬 더 많다. 이건 절대 지구의 탓이 아니다. 세상 탓도 아니고, 그들의 탓이다. 아마 그들은 코와 귀가 막히고, 눈도 안 보이는 이들이겠지. 된장찌개의 구수한 냄새와 보글보글 끓는 소리, 먹음직스럽게 담기는 건더기와 뜨거운 국물을 그들은 느끼지 못할 것이다.

그들처럼 그렇게만 살 수는 없는 노릇이니 제발 가끔은 아무 일도 일어나지 않은 소박한 하루를 만들기 위해서도 애써봤으면 좋겠다. 언젠가 당신이 된장찌개를 끓여 먹는 날, 나의 이야기를 기억해주길 바란다. 그날 당신의 하루는 미움과 시기, 질투 대신 소박한 행복과 만족, 사랑으로 가득할 테니!

된장찌개..

한뚝배기 하실래예?

연어 초밥이여,
사랑도 자네처럼 숙성되어야 제맛이라네

시간은 사랑을 더욱 무르익게 만드는 가장 완벽한 비밀이다.

우리나라 사람들은 싱싱하게 팔딱팔딱 뛰는 활어회를 즐긴다. 반대로 선어회, 그러니까 숙성한 회에 대해선 부정적 인식이 강하다. 선어회는 상했을 것 같다, 찝찝하다, 이런 오해들이 많다. 생선에 관해 전문가가 아니므로 이에 관해 과학적 근거를 들어 설명할 능력은 없지만, 선어회를 제대로 맛보고 나면 거기서 쉽사리 헤어 나올 수 없다는 것만큼은 확실히 알고 있다. 회는 숙성해야 제맛이 난다. 감칠맛이 아주 일품이다. 마치 오래된 연인들의 사랑처럼 말이다.

생연어를 구매하고 나서 제일 먼저 하는 일은 '곤부지메'라 불리는 일본식 숙성과정을 거치는 것이다. 맛술과 굵은 소금을 앞뒤로 고루 뿌려주고 냉장고에 넣어둔다. 그러는 동안 다시마를 물에 불려주는데, 다시마엔 글루탐산, 알긴산과…… 여하튼 참 좋은 식품이지 않을까! 아, 확실한 건 다시마는 연어의 살을 더욱 탱글탱글하고 쫄깃하게 만들어주기에 이건 꼭 필요한 과정이라는 점. 연어의 소금기를 깨끗이 씻어낸 뒤 다시마로 연어를 잘 포장해주고 그대로 냉장고에 하루 더 보관한다. 그렇다, 인고의 시간이 필요하다. 하루가 지난 뒤 다시마를 걷어냈을 때 한껏 탱탱해진 연어의 살덩이를 마주하면 나도 모르게 '까꿍'이라는 반가운 감탄사를 내뱉게 될 테니 잘 참고 기다리자.
기다리는 동안 당신이 할 일은 당신의 사랑하는 그 사람을 떠올리는 것이다. 숙성을 기다리다 갑자기 사랑을? 그래도 괜찮다. 지구인은 원래 사랑을 먹고 사는 동물이니까. 우리의 주식은 사랑이다. 그리고 그 사랑도, 숙성될수록 참맛이 나는 법이다.

연어가 잘 숙성되면 우린 단촛물을 만들어야 한다. 소금, 설탕, 식초를 1:2:3 비율로 잘 섞어준다. 이건 <냉장고를 부탁해> 정호영 셰프의 특급 레시피이므로 반박 시 당신 말도 틀렸을걸? 여하튼 그렇게 단촛물을 잘 버무린 밥 위에 숙성된 연어를 두껍게 썰어 올리면 그토록 기다리던 연어 초밥이 완성된다. 한입에 쏘옥 넣고 연어의 식감을 한껏 즐기며 당신은, 다시 사랑하는 그 사람을 떠올려야만 한다.

한 장수 커플에게 물음을 던졌던 적이 있다. 둘이 연애하면서 가장 좋았던 적이 언제냐고. 그때 그들은 '연애하기 전 썸 탈 때'라고 답했다. 그래, 그때야말로 가장 활활 타오르는 그런 때였을 테니. 그리고 한 번 더 물었다.

"지금은? 지금은 별로야? 그때로 돌아가고 싶어?"

둘의 대답은 어땠을까. 절대 No. 돌아가고 싶지 않다고 했다. 연이어 궁금했지만, 그토록 뜨겁게 사랑했던 그 시절보다 왜 지금이 더 좋은 것인지는 묻지 않았다. 말하지 않아도 다 보였으니까. 무르익은 두 사람은 뜨겁진 않아도 은은했으며, 껍딱지처럼 붙어 있지 않아도 매우 가까워 보였고, 말하지 않아도 서로가 서로를 다 알고 있었다. 아, 이게 사랑이구나!

사람과 사람이 만나 가정을 꾸리고 남은 평생을 함께 살아가는 결혼. 내 주변 어르신들은 말로는 결혼을 하라면서 늘 결혼의 부정적 측면을 강조하곤 한다. 심하게는 늘상 집사람 흉보기를 일삼는 그런 지인도 있었다. 나도 결혼이란 걸 하고 싶지만, 이런 소리 저런 소리 그 어떤 소리도 사실 큰 영향력을 행사하진 못한다. 내가 정말 하고 싶은 건 결혼이 아닌, 사랑이니까. 오래도록 익어갈, 숙성되면 될수록 더욱 깊은 맛을 낼 그런 사랑. 유효기간 따윈 없는 진정한 사랑을 하고 싶을 뿐이다.

사랑뿐이겠는가. 구관이 명관이고, 꽃이 지고 나서야 봄인 줄 아는 것처럼 모든 관계는 무르익어야 그 참 묘미를 알 수 있다. 싱싱함에 속아 소중함을 잃지 말자! 더불어 성급하게 사람을 판단하지 말고, 세계를 논하지 말고, 조금은 기다릴 줄도 아는 자세가 우리에게 필요하지 않을까. 아, 물론 과하게 익은 경우를 우린 '썩었다'라고 표현하긴 한다만.

당신은 혹시 알고 있을까? 인간미人間味라는 말은 '인간다운 따뜻한 맛'이란 의미라는 걸. 그래서 '미'는 '아름다움'이 아닌, '맛 미' 자를 쓴다는 걸. 사랑을 하기 위한 첫 단계는 감칠맛 나는, 인간미 넘치는, 그리고 사랑받기에 충분한 지구인이 되는 것일지도 모른다. 그래서 오늘도 묵묵히, 진한 상념 속에 밥상을 차린다.

연어 초밥, 밥알이 매깨고?

백만 서른마흔다섯개다 쨔샤!

고마운 사람에게 전하는
사소한 음식, 소고기 육전

사소할수록 더더욱 없어서는 안될 지구인의 구성인자들이 있다.

귀신 잡는 용사, 해병! 난 스무 살 이후 귀신을 본 적이 없다. (물론 그전에도 없었다) 귀신이 애초에 내 근처에 올 수 없으므로. 대한민국 해병대 제1 상륙사단 72대대 5중대 3소대 청룡 병장 출신인 나의 보이지 않는 강렬한 기운이 귀신들은 얼씬도 못하게 막아주고 있다. 물론 이 이야기는 당신만 알아야 하는 비밀이다. 어디 가서 이야기하면 미친놈 취급을 받을 수 있으니 절대, 쉿!

어쩌다 단톡방이 생겼던 걸까. 함께 고통의 2년을 보낸 선·후임들이 서로의 안부를 묻기 시작했고 결혼을 '안' 하고 있는 네 명의 총각들은 결단력 있게 만나자는 제안을 했다. 그리고, 그 총각 중 가장 선임이었던 우리 집이 만남의 장소가 되었으니! 천안에서, 안양에서, 저 멀리 하남에서 금요일 반차를 쓰고 경기도 안성으로, 그렇게 달려왔다.

'뭐라도, 대접해야 하지 않을까?'

가장 선임인데다 나이도 많은 형으로서 동생들을 그냥 평범하게 맞이할 순 없지. 환영의 메시지를 담은 화려한 음식을 준비하고자 마음을 먹었다. 그런데, 대체 뭘 준비해야 하는 걸까. 초록 창을 열고 한참을 검색하다 떠오른 아이디어는 '명절 음식'이었다. 우린, 가족이니까! 그리고 그 명절 음식 중 가장 만만한 메뉴, 육전을 준비했다.

뭐? 육전이 만만하다고? 당신은 조금 의아해할 수 있겠으나 의외로 육전을 만드는 아주 간단한 방법이 있다. 우삼겹을 팬에 볶아주고 고기 한 점 한 점을 예쁘게 잘 배치한 뒤 그 위에 달걀물을 부어주면 끝! 육전 한 장에 5분 컷! 여전히 당신은 의아해할 수 있겠으나 비주얼이나 맛이 절대 정통 육전에 뒤지지 않는다. 오죽했으면 후임들에게 대접할 그 육전을 후임들이 오기도 전에 나 혼자 다 먹었을까! 앗, 그들은 모른다. 사실 내가 육전을 준비했었다는 걸. 대신 데리고 나가서 안성 한우를 사줬다. 같은 소고기인데, 괜찮지 않았을까? 여하튼 이것도 비밀이니까 절대, 쉿!

'얼마를 주면 군대에 다시 갈 수 있을까'에 관해 SNS상에서 이야기가 돌던 때가 있었다. 10억이면 OK, 라고 하던 이들도 있었는데 난 강조해서 말하지만 수십, 수백억을 줘도 절대 다시 갈 생각이 없다. 나의 2년이란 시간이 지닌 가치는 돈으로 절대 환산할 수 없다고 생각하니까. 여전히 내게 다시 가고 싶지 않은 곳 1위는 군대다. (참고로 2위는 치과) 그 정도로 최악인 곳에서 함께 하루하루를 버텨낸 전우들. 우린, 함께 고통의 시간을 나눈 가족이자 형제였다. 그래서 피 한 방울 안 섞인 우린, 아주 오랜만에 만났어도 뜨거운 정으로 하룻밤을 보낼 수 있었다.

지금이야 대한민국 청년이라 부르기엔 서른이 넘어도 훨씬 넘은 아저씨들이지만, 다들 스무 살로 돌아가 그 시절의 이야기를 잔뜩 떠들어댔다. 대한민국 남자들이 가장 좋아하는 이야기가 군대에서 축구했던 이야기라고 하는데, 그건 정말 오해가 아니다. 너무 재밌다! 그러니까 나는 축구 실력이 워낙에 뛰어나서 이병 때부터 중대 대표로 뛰고…… 이것 봐, 나 또 흥분했잖아.

누구에게나 아픈 시절은 있다. 대부분 지구인은 그 아픔을 혼자 잘 이겨냈다고 오해하지만, 사실 알고 보면 반드시 아픔을 덜어 내 준 누군가가 존재하기 마련이다. 지나가듯 건넨 말 한마디는 커다란 용기가 되었을 테고, 슬며시 건넨 200원짜리 자판기 커피는 삶을 되돌아볼 소중한 여유가 되었을 테다. 사소한 듯하지만, 누군가의 그 사소함이 없으면 우리의 아픔은 절대 해결되지 않는다. 그래서 그 시절 사소했던 그들이 난 너무도 고맙고, 소중하다.

황동규 시인은 <즐거운 편지>를 통해 우리에게 '사소함'의 역설을 알려주었다. 사랑하는 이에게 자신의 사랑이 마치 해가 지고 바람이 부는 일처럼 사소하다고 말한 시인의 목소리를, 아마 당신도 기억할 것이다.

나도 누군가의 아픔을 치유해줄, 사소함이 되고 싶다. 해가 지고 바람이 부는 일은 평소 우리에게 전혀 인식되지 않는 사소함이지만 그 사소함이 없다면 지구인은 존재할 수 없다는 걸, 당신은 알까?

사랑을 엄청나게 화려하고 진귀한 것으로 여기다 보면 쟁취하기 힘든, 멀리 있는 것으로만 여겨질지 모른다. 나를 둘러싼 세계의 사소한 것들을 둘러보자. 우린 늘 인지하지 못하지만 사랑은 언제나 가까이에 머물며 우릴 온전한 지구인으로 생존하게 하는 위대한 힘을 내뿜고 있다. 그래, 바로 그 사람! 우리 옆에 늘 머물러주는 그 사람!

육전을 영어로 하면?

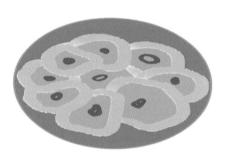

Land Battle...陸戰

영혼을 위한 시금치 수프

진짜 사랑은 사랑한다는 말보다, 진한 온기에 묻어나는 법이다.

상상한다.

시들시들해진 사랑하는 그녀가 퇴근하자마자 소파에 몸을 축 늘어뜨린다. 외투를 벗지도 못한 채 그렇게 눈을 감고 피로에서 벗어나고자 애쓰는 그녀. 허나 쉽사리 그녀를 놔주지 않는다. 몸은 무겁고, 그보다 더 무겁게 그녀를 짓누르는 지난 하루가 그녀를 넘어 나까지도 괴롭히기 시작한다. 미소가 사라진 얼굴을 바라보는 건 내게도, 진한 고통이 되니까.

그리하여 난, 견딜 수 없던 난, 냉장고 가장 아래 칸 모여있는 채소들 사이에서 시금치 한 단과 양파 한 개를 꺼내 든다. 위쪽 날개 칸에서는 다진 마늘, 버터, 우유와 생크림, 그리고 파르메산 치즈 가루를 함께 챙긴다. 양팔 가득 담은 재료를 아일랜드에 늘어놓고 차근차근 재료 손질에 돌입하는 나. 지친 그녀의 속을 달래줄 영혼을 위한 시금치 수프, 지금 바로 시작합니다!

버터에 다진 마늘, 양파를 볶다가 깨끗이 세척한 시금치를 투하! 숨이 죽을 때까지 야무지게 볶아준다. 볶은 재료들은 물 한 컵과 함께 믹서기에 갈아주고, 예쁜 녹색 물이 되면 다시 팬에 넣고 우유, 생크림과 함께 끓여준다. 걸쭉한 농도를 위해 밀가루를 버터로 볶은 루roux를 만들기도 하는데, 그냥 밀가루를 물에 풀어 넣어주는 것도 방법이다. 간을 맞출 땐 소금을 뿌리면 간단하긴 하지만, 파르메산 치즈 가루를 뿌려주면 더 진한 풍미를 느낄 수 있다. 아, 마지막엔 느낌 있게 파슬리와 후추후추!

위로를 원하는 지구인들이 자꾸만 늘어나는 요즘이다. 왜들 그리 힘들게 살고 있는지, 지친 영혼을 달래줄 소중한 한 마디를 갈구하고, 또 갈구한다. 그래서 나도, 지구인들을 위로해주고 싶은 마음에 얼른 위로의 원칙을 알아보았다. 위로 에세이가 넘쳐나는 요즘, 전국 각지의 위로 전문가들이 그 나름의 방법을 제시해주고 있었으므로 이를 찾아보는 건 그리 어려운 일은 아니었다.

위로의 기본은 경청과 공감, 반응과 지지라는 말로 압축되고 있었다. 우선은 잘 듣고, '그랬구나'라고 하며 고개를 끄덕여주고, 마지막엔 '난 네 편이야'라고 말해주면 된다고 한다. 뭐야, 이렇게 쉬운 거였어? 그런데 이 쉬운 걸, 나는 왜 잘해 낼 자신이 없지?

누군가는 '너 T(사고형)야?'라고 물을 수 있겠으나 나는 분명 공감 능력이 탁월한 F(감정형)임이 확실하다. 다만 말, 말하기에 자신이 없다. 어떤 해결책이나 조언을 전달하기엔 나라는 존재는 터무니없이 부족하고, 혹여나 잘못된 단어 하나로 인해 누군가의 감정을 건드릴까 두렵다. 솔직히 말하면 그들의 아픔에 공감하지 못할까도 두렵고 더 솔직해지자면, 나 역시 삶의 무게를 감당하기 힘이 들기에 타인의 감정 쓰레기통이 될 자신도 없다. 그래서 고심 끝에 결심했다. 말없이 그녀를 안아주고, 슬며시 그녀의 영혼을 위한 시금치 수프를 끓이기로, 그렇게.

소울푸드라는 말은 1960년대 미국 흑인들의 문화에 'soul'이라는 말을 붙이는 게 유행하면서 등장한 표현이다. 흑인들의 식생활이 소울푸드라는 명칭을 얻게 되었던 것. 그런데 이 소울푸드라는 말이 우리나라에서는 영혼을 흔들 만큼 아주 인상적인 음식 혹은 개개인의 추억을 떠올리게 하는 음식이라는 의미로 변용되어 등장하였다. 그래서 우리나라에서 소울푸드라고 하면 김치찌개, 된장찌개, 떡볶이 등을 먼저 떠올리게 된다. 결국 국립국어원에서는 이 소울푸드라는 단어를 '위안 음식'이라는 순화어로 다듬어냈다. 위안 음식, 참 그럴듯한 말이다. 말이긴 한데, 난 사실 위안 음식을 만들려던 게 아니다. 내가 그녀의, 위안이 되고 싶었을 뿐.

　다시 상상한다.

　시들시들해진 사랑하는 그녀가 퇴근하자마자 소파에 몸을 축 늘어뜨린다. 외투를 벗지도 못한 채 그렇게 눈을 감고 피로에서 벗어나고자 애쓰는 그녀. 허나 쉽사리 그녀를 놔주지 않는다. 몸은 무겁고, 그보다 더 무겁게 그녀를 짓누르는 지난 하루가 그녀를 넘어 나까지도 괴롭히기 시작한다. 미소가 사라진 얼굴을 바라보는 건 내게도, 진한 고통이 되니까.

　그리하여 난, 시금치 수프를 차려 놓고 가만히 그녀를 끌어안는다. 천천히 외투를 벗겨주고, 그녀의 손에 은빛 스푼을 쥐어준다. 그녀는 몇 숟갈 뜬 뒤 얼굴색이 환해지고, 지켜보고 있던 내게 묻는다.

　"그런데 왜 하필 시금치야?"

"그건……. 그 아저씨가 그러더라고. 힘이 필요할 때, 항상 시금치를 찾아."

"아저씨? 누구?"

"뽀…… 뽀빠이 아저씨."

그녀가 뽀빠이 아저씨를 모르든, 듣자마자 이상용 아저씨를 떠올리든 그건 상관이 없다. 그저 올리브, 그녀에겐 그녀를 지킬 뽀빠이 아저씨가 곁에 있다는 것만 기억하면 그걸로 충분하다. 당신에게도 있을걸? 당신을 절대 아프게 두지 않을 당신만의 히어로, 있는 힘껏 그 사람을 불러보자!

시금치 수프 마시면

나랑 사귀는 거다?

사랑받고 싶다면, 유부초밥처럼

이상을 추구하는 것을 이상하다고 말한다면 그게 더 이상한 거 아닐까?

고등학교 국어 선생님들에겐 너무나도 큰 고충이 있다. 매년 새로운 독서 지문, 소위 '비문학 지문'이 쏟아져 나오기 때문이다. 그냥 글만 읽기에도 벅찬데 과학 공부, 경제 공부, 철학 공부까지 해야 한다. 내가 알지도 못하면서 아이들에게 설명할 수 없는 노릇이니까. 그래도 덕분에 좀 똑똑해지는 기분이 들기는 한다.

'행동 유도성 디자인'에 관해 공부했던 적이 있다. 어떤 사물이나 환경이 인간으로 하여금 특정 행위를 끌어낼 수 있으므로 올바른 작동으로 이어질 수 있는 디자인 측면에서의 노력이 필요하다는 내용이었다. 수업 준비를 하다가 재밌는 뉴스 기사를 찾게 되었는데, 우리나라의 농기구, 호미가 해외에서 엄청나게 인기라는 소식이었다. 기능적인 측면은 물론 아름다운 곡선에 서양 사람들이 매료되었다는 이야기도 함께 전해졌다. 심지어 미국의 종합 쇼핑몰인 아마존닷컴Amazon.com에는 다양한 종류의 호미가 판매되고 있고 미국 가드닝gardening 시장을 뒤흔들 정도라고 한다. 그렇다고 이러한 사실이 놀랍다거나 하지는 않았다. 호미는 원래, 위대한 대한민국의 발명품이니까, 이건 당연한 거니까! (사실 많이 놀랐음…… K의 힘!)

고개를 살짝 비튼 것 같은 유려한 선과,
팔과 손아귀의 힘을 낭비 없이 날 끝으로 모으는 기능의 완벽한 조화
는 단순 소박하면서도 여성적이고 미적이다.

- 박완서, <호미 예찬> 중

좋은 디자인은 결국 눈에 보기에만 좋은 것이 아니다. 아름다운 외양은 물론 실용적이어야 하며 기왕이면, 특별할 필요도 있다. 그래야 많은 이들의 사랑을 받고 꾸준히 선택받을 수 있을 테니까. 그리고!

음식도 마찬가지다. 보기 좋은 음식이 먹기도 좋고, 영양소를 고루 갖춘 것은 물론 맛도 좋아야만 더 많은 지구인의 사랑을 받을 수 있지 않을까? 건강을 해치는 데도 그저 맛이 뛰어나다고 무작정 그 음식을 찾지는 않을 테다. 그러다간 수명이 턱도 없이 짧아질 테니. 단맛으로만 승부하는 설탕 덩어리 음식이나 맵기만 해서 속을 뒤집어놓기만 하는 음식을 매일 같이 먹을 수는 없다. 아니 먹을 수 없다, 정도가 아니라 그래서는 안 돼! 그러다 큰일 난다니깐?

유부초밥은 그래서 꾸준히 사랑받을 가능성을 지닌 아주 기특한 음식이다. 만들기 쉬움은 물론 보기에도 좋고 먹기에도 편한데다 얹어지는 토핑의 여부는 미적 요소와 건강까지 채워주고 있다.

마트에선 유부초밥 만들기 패키지를 판매한다. 예쁘게 모양 잡힌 유부는 물론 단촛물까지 들어 있어 아주 간편하게 요리를 시작할 수 있다. 잘 익은 밥에 단촛물을 섞어주고 유부 피에 밥을 채워주면 기본 작업은 완료이다. 그대로 먹어도 나쁘지 않지만, 그 위에 다양한 토핑을 얹어 시각적 화려함과 맛, 건강까지 챙길 수 있다. 간장 소스에 볶은 다진 돼지고기, 스크램블드에그, 크래미 마요 샐러드, 날치알 따위를 올려 먹어보자. 골라 먹는 재미까지 더해져 온 가족이 즐겁게 한 끼 식사를 완성할 수 있을 것이다. 물론 김치 볶음이나 참치마요, 햄구이, 연어 타르타르 등 더 많은 토핑이 선택될 수도 있고 아예 밥 자체를 짜장밥이나 볶음밥으로 준비해서 유부 피 안을 채워 넣을 수도 있다. 당신이 가진 창의력이 더해지면 수만 가지 유부초밥이 새로 태어날 수 있다는 것!

그리고, 음식도 마찬가지라면 지구인 역시도 마찬가지다. 여기서는 조금 오해의 소지가 생길 수도 있는데, 완벽한 지구인이 되어야 한다고 말하려는 건 절대 아니다. 한 가지 장점을 '완벽'으로 오해하면 안 된다고 이야기하고 싶은 거다. 외모, 돈, 이런 것들이 우릴 완성시켜주지 않는다!

사랑받기에 충분한 존재가 되려면 잘생기기만 해서도, 돈만 많아서도, 그렇다고 착하기만 해서도 안 된다. 그저 잘생기기만 한 사람은 결코 사랑받지 못한다. 물론 일시적인 사랑과 관심이 생길 수는 있겠지만 많은 연예인이 증명해주지 않았던가? 요즘 팬들은 외모만 보지 않는다. 외모와 인성, 실력까지 고루 갖춘 연예인들을 좋아한다. 돈만 많이 번 사람도 절대 사랑받지 못한다. 돈을 벌기 위해 자기 성공만 추구하는 이기적인 존재는 주변에 아무도 남지 않을 것이다. 그렇다고 마냥 착하기만 한 것도 안 된다. 세상 물정 모르고 그저 당하기만 하는 답답한 사람이 되어서도 안 될 것이다.

지구인들은 외모를 가꾸고, 끊임없이 학업에 정진하며, 선한 사람이 되기 위한 노력을 해야 한다. -다시 말하지만- 완벽함에 도달하기 위한 행위가 아니다. 유부초밥이 완벽한 음식이라 할 수 없듯 신이 아닌 이상 지구인은 언제나 2% 부족한 존재일 수밖에 없다. 그저, 사랑받기 위해서다. 이건 살아남기 위해서라는 말과 같다. 사랑 없이 살 수 없는 지구인은 언제나 더 나은 존재가 되기 위해 애써야 한다. 그건 그냥 당연한 거다.

유부초밥은 지구인에게 끝까지 버려지지 않을 것이다. 유부초밥은, 부족함을 채우기 위해 늘 노력하는 음식이니까. 함께 다짐해보자. 유부초밥이 되어 절대 사랑하는 이들에게 버려지지 않을 것이라고, 언제나 사랑받을 것이라고, 완벽하진 않지만 늘 새로운 토핑을 올리기 위해 애쓰겠다고!

지금까지 이런 맛은 없었다

아니, 사실 있었다고 한다...

내 맘대로 마르게리타, 뭐가 어때서

백지 위에 무엇을 그려 넣든 전부 다 사랑이다. 당신이 그렇다고 하면, 그런 것이다.

1889년 6월, 이탈리아 움베르토 1세의 왕비인 마르게리타에게 최고의 피자를 선사하기 위해 나폴리 최고의 장인이 손수 등판하셨다. 돈 라파엘 에스폰트. 당대 최고의 요리사로 알려져 있던 그는 바질과 토마토, 모차렐라치즈를 이용해 이탈리아 국기를 상징하는 아름다운 피자를 완성해냈다. 마르게리타 왕비는 매우 흡족했고, 이후 이 피자의 이름도 그녀의 이름을 따 마르게리타 피자가 되었다.

우리나라의 피사 선파는 미군 부대가 그 역할을 아주 톡톡히 해낸 것으로 알려져 있다. 물론 미국식으로 변형된 피자이긴 했지만 본격적으로 많은 이들이 즐길 수 있는 계기가 마련된 것이다. 전국 각지에 미국의 피자 업체들이 들어왔고, 피자에 눈을 뜬 대한민국 사람들은 피자의 본고장, 이탈리아식 피자에도 연이어 눈을 뜨게 되었다. 레스토랑에서만 먹을 수 있을 거로 생각하던 피자는 이제 가정집에서 마음만 먹으면 쉽게 만들어낼 수 있는 대중적인 음식이 되었다.

그런데 나폴리의 정통 마르게리타 피자로 인정받기 위해선 매우 까다로운 조건을 충족해야 한다. 전기 화덕 금지. 반드시 장작 화덕을 사용해야 한다. 더불어 온도는 485도로 맞출 것. 당연히 피자는 원형이어야 하며 손반죽을 하되 피자 가운데 두께가 0.3cm를 넘으면 안 된다. 끄트머리, 그러니까 크러스트 두께도 2cm를 유지해야 하는데 완성된 피자의 촉감은 쫄깃하고 부드러워 쉽게 접을 수 있어야 한단다. 이, 이렇게나 많다고? 그저 바질,

치즈, 토마토만 쓰면 다 정통인 줄 알았는데 역시나 피자의 본고장은 까탈스럽기 그지없다.

사실 이렇게 만드는 건 가정집에선 불가능에 가깝다고 봐야지. 그래서 수많은 조건을 깡그리 무시하고 아주 간편한 마르게리타 만들기를 소개한다. 또띠아, 바질 페스토, 토마토와 모차렐라치즈. 이 네 가지면 모든 재료를 전부 충족했다고 말할 수 있다. 또띠아에 재료를 올려 오븐에 살짝만 구워주면 금세 초간단 마르게리타 피자가 완성된다. 아니, 너무 '야매'아니냐고?

이것을 그럼 무어라고 불러야 하나. 이 피자의 이름은 마르게리타 피자가 맞다. 조금 달라졌을 뿐 정체성이 변하지는 않은 것이다. 마르게리타의 기본 요소는 잘 갖춘 것 아닌가. 그럼에도 자꾸만 다른 조건들이 붙는다? 에이, 그렇게까지 해야겠어? 마르게리타 피자는 무엇보다 맛이 먼저 아니겠습니까. 그런데 소위 이 '야매 마르게리타'도 엄청나게 맛있다니깐? 마르게리타 피자라 부르기에 전혀 손색이 없다. 심지어 먹기도, 만들기도 간편하니 어쩌면 더 나은 피자인 게 아닌가!

정석 혹은 정통이란 말은 많은 지구인에게 자부심이나 자신감을 불러일으키기도 하지만 때론 과한 조건으로 인해 피곤함을 유발할 수도 있다. 사랑에 관해 논해보자. 실제로 정석적인 사랑은 없다. 이런 사랑도 사랑이고, 저런 사랑도 사랑이다. 절대 누군가를 사랑하는 데 있어 어떤 제약이 있다거나 하지 않을 것이다. 그런데 이상하게도 사랑을 하기 전 우린 꼭 상대의 조건을 확인한다. 내가 사랑해도 될 사람인지를 판단하는 기준이 왜 그 사람의 외모, 학벌, 집안, 재력 등이어야 하는 걸까? 굉장히 깐깐하게 -마치 정통 마르게리타 피자의 까탈스러움처럼- 그 판단을 위해 따라붙는 조건들은 가혹하고, 비인간적이며, 잔인하기까지 하다.

그래서 반대로 그런 사람이 되어야만 사랑받을 수 있을 거란 오해도 발생한다. 인간적인 면모를 갖추기보단 자신을 둘러싼 화려한 수식어를 만들어내기 위해 혈안이다. 그리하여 대한민국의 교육열이 이상한 방향으로 흘러가고 있다. 자식의 인성보단 학벌만을 중시하는 수많은 이들로 인해 이젠 대입을 넘어 고입에도 목숨을 건다. 어느 고등학교가 어떤 대입 결과를 만들어냈는지 살피느라 본질적인 요소, 그러니까 '아이가 행복할 수 있는 곳인가'에 대한 고민은 하지 않는 것이다.

물론 사랑하는 것과 사랑받는 것은 다르다. -누가 정했는지는 모르겠으나- 장작 화덕을 사용하고 크러스트 두께는 2cm이하인 그런 사랑만이 진정한 사랑이라 믿는 이에게, 또띠아로 간편하게 만든 사랑을 내밀어 무작정 마르게리타라 인정해달라고 떼를 쓸 수는 없는 노릇이다. 사랑받고 싶다면, 그 지구인이 사랑할 수 있는 그런 피자가 되는 게 맞다. 대신, 정통 마르게리타만 사랑받을 거란 오해는 하지 말자. 이런 피자를 즐기는 사람이 있는가 하면 저런 피자를 즐기는 사람도 있을 테니 말이다. 나도, 당신도, 충분히 사랑받을 만한 사람이다.

나의 마르게리타는 세상이 정한 그 '정석'에서 항상 벗어나 있을지도 모르겠다. 화덕을 갖출 자신도 없고, 직접 반죽할 용기도 없으니까. 그저 이런 마르게리타 피자라도 맛있게 먹어줄 그런 사랑이 있으리라 믿으며, 맛은 오히려 더 나을 수도 있다는 것을 강조하며, 그렇게 사는 것도 굳이 나쁘지는 않을 것 같다.

앞으로 우리의 사랑은 어떤 모양, 어떤 빛깔일까. 궁금하긴 하지만 걱정하진 않으려다. 사랑의 본질은 변하지 않으므로, 있는 힘껏 소중한 이를 사랑하며 그렇게 살아가면 되니까.

피: 피자보다 치킨이 더 좋다

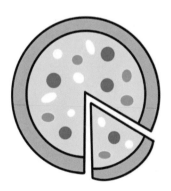

자: 자세히 보니 피자가 더 좋다

가을로 (만든) 포도로 (만든)
와인으로 만든 비프 부르기뇽

다들 그렇게 시작한다. 하나둘 공유하며, 내 것을 내어주며, 천천히 알아가며.

대한민국에서 처음 포도가 재배된 곳, 경기도 안성이다. 프랑스 선교사 앙투앙 공베르 신부는 1900년 조선으로 와 선교 사제 활동을 시작했고 안성에 성당과 학교를 지은 뒤 주민들의 교육과 가난 문제를 해결하고자 노력하였다. 빈민 구제를 위해 모국인 프랑스로부터 지원을 받은 적도 있다고 한다. 타국 백성들의 어려움을 위해 헌신한 공베르 신부는 참, 감사한 분이 아닐 수 없다.

공베르 신부를 기억해야 할 더 큰 이유는 대한민국 땅에 직접 포도를 들여온 분이기 때문이다. 주민들의 생계 문제 해결과 더불어 미사 때 사용될 포도주를 만들기 위하여 공베르 신부는 프랑스에서 포도 묘목 스무 그루를 들여와 심었다. 그리고 그렇게, 안성 포도의 역사가 펼쳐지게 된다.

안성 포도의 유명세를 처음 접하고 나서 추석 즈음하여 지인들을 위해 포도를 선물하기로 마음먹었다. (난 안성에서 2014년부터 근무하고 있다) 내가 또 정이 많아서 말이지. 얘도 주고, 쟤도 주고…… 그런데 잠깐, 포도 한 상자에 4만 원? 10명이면 40만 원? 그런데 내 통장 잔액은…… 숫자가 글자보다 힘이 센 시대여서인지 처음 리스트에 들어간 이름들이 하나둘 슬며시 지워지고 말았다. 지워진 이름들이여! 내가 꼭 성공해서 안성 포도를 선물하겠소, 미안하오!

그렇게 나름의 기준이 세워졌다. 기혼자이며, 나랑 놀아줄 수 있는 사람. 그래서 나와의 술자리를 위해 자기 아내에게 '그 포도 친구 있잖아, 매번 포도도 선물 받고 해서 이번에 내가 한 잔 살까 하는데, 어때?'라고 얘기해야 하는 친구들. 그러기를 어언 8년이다. 심지어 한 친구는 자기 갓난아이에게 날 '포도 삼촌'이라 칭하기도 했다. '포도'가 내 앞에 붙는 수식어가 될 줄이야.

이것 말고도 포도와 관련한 일화들은 종종 발생하곤 했는데, 단골집인 향기포도 사장님은 포도를 사러 갈 때마다 와인 한 병을 선물로 주셨다. 정말 무지했던 난, 동생에게 와인을 자랑하며 이렇게 얘기했다.

"아, 이기 포도로 만든 와인이야! 대박이지?"

이런 바보 같은 이야기가 또 있을까. 와인은 원래, 포도로 만드는 거잖아……. 동생이 배꼽 잡고 쓰러져 웃음보를 터뜨린 기억이 난다. 아직도 그 생각을 하면 얼굴이 달아오를 지경이라니까. 심지어 글을 쓰는 지금도 조금 민망하니, 선물로 받은 와인을 활용하여 얼른 요리나 하자. 기왕이면 앙투안 공베르 신부님을 기억하며 프랑스 전통 음식으로 말이다. 비프 부르기뇽, 괜찮겠지?

비프 부르기뇽은 부르고뉴식 소고기 스튜라는 의미인데, -다들 알다시피- 우리나라의 소갈비찜과 비슷하다고 보면 된다. 정통 비프 부르기뇽은 척 아이롤Chuck Eye Roll을 썰어 센 불에 구워주는 것으로 조리가 시작되지만 냉동실에 갈비살이 있었으므로, 그냥 있는 재료를 이용했다. (그런데 이러면 정말 갈비찜인데……) 여하튼 이어서 당근, 양파, 셀러리, 양송이, 샬럿 등을 큼직큼직하게 썰어 함께 볶아주어야 하지만, 역시나 냉장고에 있던 재료들을 야무지게 사용했다. 이쯤 되면 비프 부르기뇽이 아니라 안성식 소갈비찜이 아니냐고 의문을 제기할 수 있겠으나 주재료, 와인이 남았잖아!

적당히 양파 숨이 죽으면 와인(심지어 '안성 포도'로 만든!)과 치킨스톡, 토마토 페스토와 월계수 잎(이 재료들이 우리 집에 있다는 건 좀 의외이긴 했다)을 넣고 한참 끓이다가 중간에 밀가루 한 스푼을 넣어 잘 저어준다. 걸쭉한 농도를 내기 위함이다. 참, 이 저어주는 행위는 중간중간 계속 필요하다. 안 그러면 바닥에 눌어붙는 참사가 발생할 수 있으므로. 적당히 끓이다가 오랜 시간 오븐에 돌려주는 방법도 있는데, 어차피 정통 부르고뉴식은 틀린 것 같으니 대놓고 가스레인지에서 약한 불에 계속 끓인다. 자작해질 때까지, 쭈욱.

비프 부르기뇽이라는 음식은 이미 대중적으로 잘 알려져 있어서 많은 블로거들이 자신의 SNS에 아주 자세히 조리 과정을 소개하고 있었다. 그리고 열이면 열 마지막에 꼭 덧붙이는 표현이 있었는데 그건,

"우리 집이 프랑스가 된 것 같아요!"

프랑스라……. 우리 집은 전혀 프랑스가 되지 못했다. 그들은 아마 눈을 감고 떠올렸을 테지. 파리의 에펠탑과 샹젤리제 거리를. 그에 반해 난 눈을 감자마자 구포동 성당과 안성 팜랜드가 떠올랐다. 거기에 안성맞춤랜드(놀이공원이 아니다)와 서운산 휴양

림, 내가 제일 좋아하는 금광 저수지까지. 비프 부르기뇽이란 음식을 원했으나 결과적으로 안성식 소갈비찜이 완성되긴 했지만 난 안성이란 동네를 좋아하니까, 오히려 만족스러웠다. 혹시나 맛보았다면, 공베르 신부는 이렇게 말씀하시지 않았을까?

"참, '안성'스러운 프랑스 음식이다!"

사랑하면, 사랑하는 이에게 나의 집, 나의 친구, 나의 가족, 그리고 나의 동네까지도 모두 보여주고 싶어진다. 나 역시 그러하다. 나의 소중한 그 사람에게 '안성스러움'이 무엇인지 알려주고 싶다. 조용히 드넓은 호숫가를 거닐고, 거닌 뒤엔 안성식 소갈비찜과 안성 포도 와인을 나누는 기쁨에 관하여.

당신도 어서 떠올려보길. 당신이 가진 모든 것을 보여주고픈 사람이 있는지 말이다. 아, 물론 방 청소 정도는 미리 해놔야겠지?

숙면과 목욕, 한잔의 와인은

슬픔을 누그러뜨린다

-토마스 아퀴나스-

떡갈비를 향한 무한, 도전!

사랑은 결국 추억을 공유할 누군가를 찾는 일이다.

대한민국 평균 이하 남성들이 매주 새로운 상황 속에서 펼치는 좌충우돌 도전기. 무한, 도전!

10년 넘게 대한민국 최고 예능 프로그램으로 머물던 <무한도전>은 어느 순간 우리 곁에서 사라졌다. 사라졌으나, 여전히 곳곳에서 회자되며 그 위대한 명성의 맥이 이어지고 있음은 누구도 부정하지 못할 것이다. 그만큼 대단했고, 즐거웠고, 그리운 프로그램이다. 지금도 어디선가 갑자기 '무한'이라는 외침을 들으면 나도 모르게 손을 벌리고 '도전!'이라 외칠 사람, 정말 많을걸?

<무한도전>에 대한 첫 기억은 군대에 있을 때이다. 훈련소를 마치고 갓 중대에 배치받은 이병 시절이었는데, 그땐 여기저기 눈치 보느라 온종일 완전히 딱딱하게 굳어있었다. 야간 순찰을 나가기 직전, 약간의 짬이 있어 최고선임이던 임 모 병장은 자연스럽게 TV를 틀었다. 그리고 TV 화면 속에선 세계 최고 축구 스타 티에리 앙리가 무한도전 멤버들과 각종 게임을 펼치고 있었다. 속으로든 겉으로든 다들 같은 소리를 내뱉었을 것이다.

"이런 미친, 앙리가 무도에?"

정말 그랬다. 티에리 앙리라는 슈퍼스타가 우리나라 예능 프로그램에 출연한 것도 놀랄 노 자인데, 거기서 온갖 망가지는 모습을 다 보여주고 있었으니 정말 믿기 힘들 지경이었다. 그땐 갓 들어온 이병이고 뭐고 없었다. 정신없이 배꼽을 부여잡고 웃었고,

다들 그때만큼은 그 흐트러짐을 용인해주었다. 그럴 수밖에 없을 정도로 진짜 웃겼으니까.

이때처럼 웃음 폭격이 쏟아진 특집들이 많았다. 얄밉지만 미워할 수 없는 노홍철의 진가를 알게 된 '돈 가방을 갖고 튀어라' 특집, 마라도까지 가서 짜장면 먹기에 실패한 정형돈이 안타까웠던 'Yes or No' 특집, 박명수의 오호츠크 노래에 중독되어 버렸던 '오호츠크해' 특집 등. 그런데 재미뿐이었다면 이 프로그램이 이만큼 사랑받진 못했을 거다. 시청자들의 눈물을 쏙 빼는 감동 특집들도 정말 많았다. 봅슬레이 도전기, 배달의 무도, 군함도 이야기처럼 대한민국에 꼭 필요한 이야기를 전하는 고맙고 소중한 역할도 <무한도전>은 언제나 능히 해냈다.

다들 다르겠지만, 나에게 최고의 순간은 '식객'특집이었다. 위생 관념도 없고 계량은 말할 것도 없는 요리 젬병들이 심지어 해외에 우리 한식을 알리기 위해 도전하는 특집이었는데, 멤버들이 직접 우리나라 음식 명인들을 찾아가 요리를 배우고 완성하는 모습에서 대단한 열정과 감동을 느꼈던 기억이 난다. 그리고 그들이 완성한 떡갈비는 정말이지 눈을 뗄 수 없을 만큼 먹음직스러웠고, -참 식상한 표현이지만- 진짜 TV 브라운관 속으로 뛰어 들어가고 싶은 지경이었다.

이상하게 떡갈비만 보면 무도, 그러니까 <무한도전> 멤버들이 떠오른다. 나에게 떡갈비는 무도 멤버들을 추억할 강력한 매개체로 작용하고 있다. 솔직히 처음엔 그들도 만들었는데 내가 못 할까, 하는 자신감도 있었다.

마트에서 목심을 사다가 온갖 스트레스를 다 담아 잔인하게 다져주고, 양파와 마늘, 각종 양념까지 넣어 버무려 준다. 돼지고기나 오리고기를 같이 섞어주면 아주 부드럽고 기름진 맛이 난다. 그러고는 별것 없다. 적당히 소분해서 팬에 구워주면 되는 것이다. 참, 어울리는 가니쉬를 함께 올려주면 더욱 맛깔나는 플레이트가 완성된다. 좀, 있어 보이겠지?

실제로는 사라졌지만 좀처럼 사라지지 않는 강력한 것들이 있다. 물론 누군가에게 -당연히 사랑하는 이에게- 그런 임팩트 있는 위대한 존재가 되는 것도 좋겠지만, 살다 보면 분명 나에게 강한 충격과 감동, 기쁨과 슬픔을 주는 사소하면서도 커다란 존재들이 있었음을 먼저 기억해야 한다. 가만히 앉아 지나간 시간들을 훑다 보면 나도 모르게 그들이 보일 것이다. 그리고 반드시 그들이 그리워질 것이다.

그리움은 절대 아무에게나 생기지 않는다. 그리워할 수 있다는 것만으로도 당신은 행복한 지구인이다. 그러니 그 그리움을, 절대 하찮게 여기지 말아야 한다. 난 지금 <무한도전> 다시 보기를 찾아 헤매고 있다. 그리고 앞으로 함께 떡갈비를 나누게 될 누군가를 찾아 힘껏 헤맬 것이다. 우리가 새로이 선사할 그리움을 외면하지 않아 주길 간절히 바라면서 다 같이 무한, 도전!

고기를 다지면

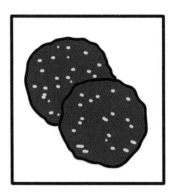

그날 저녁은 다 이김!

2장. 관계의 레시피

새우볶음밥이 선반이던 날

혼자서는 나의 감각들을 온전히 보전할 수없다. 그것은 곧, 소멸이다.

퇴근하고 집에 갔는데 딱히 꺼내 먹을 반찬이 없었다. 오직 김치뿐. 이럴 땐 순식간에 뚝딱 만들 수 있는 볶음밥이 최고다. 당장 냉장고를 뒤져 선수들을 집합시킨다.

냉장실엔 갖은 채소들이 출격을 대기하고 있다. 어딜 가도 빠지지 않는 기본 식재료, 대파와 양파는 언제나 주전 멤버로서 제 역할을 다해준다. 믿음직한 선수들이다. 대진에 따른 상대 팀 전력도 다 상관없다. 대파와 양파만으로도 기본은 한다.

냉동실엔 돌덩이가 되어 버린 냉동 새우가 버티고 있다. 쟁여놓길 잘했다는 생각이 든다. 잘 녹여서 적당한 타이밍에 익혀주면 탱글탱글한 식감이 일품이다. 오늘은, 돌덩이 새우가 선발이다.

파를 송송 썬다. 기름을 두르고, 파기름을 낸다. 파는 노릇노릇 익어가고, 부엌은 파기름 향이 장악해버린다. 초반 기세가 이토록 중요하다. 나는 이 타이밍에 즉석밥을 넣는다. 밥알을 씹을 때 입안 가득 향이 퍼지는 것이 좋으니까. 잘게 다진 양파도 함께 볶아준다. 양파의 역할은 아삭아삭함이다. 너무 오래 열을 가하면 물컹해지는 식감이 많아진다. 달큰한 맛을 위해 최대한 오래 볶는 것도 방법이지만, 그건 대파가 해주기 때문에 포지션이 겹칠 수 있다.

그리고 이제, 선발 투수를 등판시킨다. 마트에선 갖가지 종류의 냉동 새우를 판매한다. 칵테일 새우, 흰다리새우, 블랙타이거 새우, 조금 비싼 꽃새우 등. 웬만한 미식가가 아니라면, 가장 싼 새우를 구매하길 추천한다. 볶으면 맛의 차이가 거의 없기 때문이다.

마트에선 새우를 크기에 따라 분류하기도 하지만, 새우를 사랑하는 우리 민족을 위해 한 가지 구분 기준이 더 생겼다. 그것은 꼬리이다. 꼬리를 살리느냐, 마느냐. 겉봉투에 써 있다. Tail-on과 Tail-off. 친절하게 해석하자면 '꼬리가 있는' 그리고 '꼬리를 뗀'이다. 취향 차이겠지만, 난 꼬리가 붙어 있는 새우를 선호한다. 새우의 꼬리까지 아작아작 씹어먹는 걸 즐기는 편이다. 마침 그때 화가 나 있다면, 스트레스 해소에 도움이 되기도 한다.

그다음 과정에서 늘 선택의 기로에 놓이곤 한다. 스크램블드에그를 넣느냐, 블랙 올리브를 넣느냐. 스크램블드에그는 그냥 볶은 달걀 요리이다. 이름은 영어지만, 팀에 합류하면 완전한 중식 느낌을 내어준다. 참고로 스크램블드에그는 중국어로 '炒蛋'이라고 한다. 챠오단. 달걀 볶음이다. 스크램블드에그를 선택한다면, 굴소스까지 연이어 등판시키길 추천한다. 감칠맛의 끝판왕, 굴소스. 예전엔 팬더가 그려진 굴소스만 인정받았던 때도 있지만, 사실 뭘 써도 다 맛있다. 굴소스는, 굴소스일뿐.

블랙 올리브를 넣는다는 건 다소 생소하게 느껴질 수 있다. 그런데 올리브에 한번 맛을 들이면 절대 벗어나질 못한다. 미국에서 건너온 창고형 대형 할인마트의 블랙 올리브를 추천한다. 통조림 형태로 되어 있고, 저렴하게 대량 구매할 수 있다. 유통기한이 길어서 팬트리에 넣어두고 어느 날 갑자기 생각났을 때 꺼내먹으면 된다. 올리브를 식감 때문에 먹는다는 사람들이 많은데,

난 무엇보다 올리브가 주는 풍미가 좋다. 어떤 풍미냐고 물으면 대답할 수 없는 올리브만의 풍미가, 분명 존재한다. 오죽했으면 서양 사람들은 이 올리브로 기름을 다 짜서 먹었겠는가. 여하튼 올리브가 들어가면 볶음밥이 아니라 '필라프'라는 이름을 붙이는 것이 맞다. 필라프는 우리 말로 볶음밥이다. 그런데 필라프를 파는 그 어떤 가게에서도 볶음밥이라고 하지 않는다. 그러니 우린 대세를 따라 올리브를 넣었을 땐 필라프라고, 고상하게 이름 붙여주면 된다. 스크램블드에그에 굴소스가 더해지듯 올리브엔 소량의 버터를 등판시키는 것이 어울린다. 언제나 조합이란 것은 존재하니까. (물론 정통 필라프는 나름의 조리 방식이 있다고 한다. 다만 필라프를 파는 가게들 상당수는 밥을 그냥 볶는다⋯⋯)

혹시나 요리를 하고 있을 때 누군가 뒤에서 내 모습을 지켜보고 있는 것이 아니더라도, 과감한 웍질은 필수다. 웍질은 겉멋 든 자의 행위가 아니라, 양념을 고루 섞어주기 위한 필수적인 과정이다. 필승조를 투입하여 승기를 굳히는 것으로 생각하면 된다. 이제 끝을 향해 가고 있다.

요리의 끝은, 뭐니 뭐니 해도 플레이팅. 음식을 보기 좋게 담는 것이다. 볶음밥만큼 다양한 플레이팅이 가능한 요리도 흔치 않다. 어릴 적 소풍날 도시락에 담긴 곰돌이 볶음밥을 기억하는 이들이 있을 것이다. 어머닌 곰돌이의 눈과 코를 만들기 위해 굳이 치즈와 김을 사 오셨을 거다. 그 정성을, 우린 잊어선 안 된다. 볶음밥 플레이팅이라면, 우선 밥을 밥그릇에 꾹꾹 채웠다가, 넓은 그릇에 뒤집어서 올려놓고, 그다음 밥그릇을 쏙 하고 빼면 된다. 작은 볶음밥 언덕이 만들어질 것이다. 그 위에 깨를 뿌리면 모든 것이 완성. 필라프 플레이팅이라면, 깊이가 있는 그릇에 밥을 담길 추천한다. 그리고 하얀 소스를 튜브에 넣어 모양을 내주고, 살짝 파슬리 가루를 뿌려주면 된다. 물론 아예 대놓고 새우볶음밥임을 어필하는 방법도 있기는 하다.

새우볶음밥을 만들어보았다. 오늘도 선수들의 활약은 박수를 쳐줄 만했다. 선발 투수는 묵직하게 경기를 장악했고, 나머지 선수들도 안정적인 경기 운영으로 감독의 엄지척을 받아냈다. 하지만 문제는 다른 곳에 있었다. 오늘도 여전히, 관중석은 비어 있었다.

지금 혹시

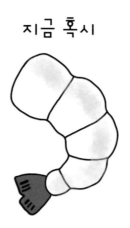

외로우 새우?

계란만이 계란만이 계란만이 YO!

모든 역사가 화합의 위대함을 증명하지 않았던가

나의 고3 시절 절친 허헌. (참고로 헌이네 집안 식구들 이름은 모두 외자다. 강아지 이름마저 '허둥'이었나? 지금은 결혼해서 셋째까지 출산했는데 단이, 승이, 윤이 모두 이름이 외자다) 졸업 후 심지어 재수 학원까지 같이 갈 정도로 우린 참 끈끈했다. 입대 전 나의 삭발식을 함께 해준 것도 이 친구였을 정도로 나는 늘 그와 함께였다. 물론 지금은 멀리 떨어져 있지만 늘 마음만은 여전히 함께하고 있다. 갑자기 생각하니 엄청나게 그립네?

그나저나 허헌은 -다른 재주도 정말 많긴 했지만- 아카펠라 장인이었다. 그냥 단순히 노래를 잘한다 정도가 아니라 상대의 음을 듣고 거기에 맞춰주는 능력까지도 지니고 있었다. 음악 쪽으로 나갔어도 대성했을 녀석이다. 그리고 우린 고3 때 그룹을 결성했다. (훗, 나도 노래는 쫌 하는 편이다) 허헌의 '허', 기라성의 '기'를 따서 만든 우리 그룹의 이름은 '허기'. '팬 여러분의 사랑으로 우리의 허기를 채우겠어요'라는 나름의 의미까지 부여했는데 물론 음원을 출시한 적은 없다.

어느 날 허헌은 내게 '윔마웹빠'를 반복해보라는 생뚱맞은 부탁을 했다. 무슨 아프리카 전통 부족들이나 사용할 법한 단어를 갑자기, 왜? 그렇지만 허헌의 말에 반박할 필욘 없었다. 늘 옳은 말만 하는 친구였으니까. 그래서 했다, 윔마웹빠를. 그리고 나의 윔마웹빠 위에 그의 웅장한 목소리가 덮여 우린 환상의 하모니를 만들어냈다.

"우우~~~ 우, 우우우 위워워워웨~~"

당신이 이 문장만으로도 노래를 흥얼거리는 것에 곧장 성공했을 거라 믿는다. 이 노래는 사실 위대한 디즈니 영화, <라이언킹>의 OST였으니까!

사실 웜마웹빠는 'a-weema-weh'이 반복되며 나오는 소리였고, 소리에 소리가 얹어져 하나가 된 그 순간은 실로 경이로웠다. 아무런 악기연주도 없이, 어떠한 음악 재생도 없이 오직 지구인들의 목소리만으로 화려한 멜로디가 완성되는 아카펠라의 매력에 아주 푹 빠진 순간이기도 했다.

고3 아이들의 교실은 언제나 삭막할 것 같지만, 의외로 밝고 활기찰 때가 많다. 가끔은 정말 애들이 정신줄을 놨나 싶은 기분이 들 때도 있다. 수다를 떨며 해맑게 웃음 짓는 수준이 아니라 '왜 이런 짓을 하고 있지?' 하는 의문이 들 정도랄까? 한 번은 수업 종이 쳐서 온갖 수업 자료를 들고 여학생반 교실에 들어갔는데 아이들이 이상야릇한 말 그대로 괴음怪音을 내고 있었다. 듣자마자 손에 든 교과서와 프린트물을 전부 놓칠 뻔했다. 그런데 이상하게도 들으면 들을수록 괴음이 아닌, 하모니로 느껴지는 게 아닌가! 마치 십여 년 전 그룹 '허기'가 노래했던 웜마웹빠가 재림한 듯했다! 그리고 아이들의 외침은 잘 들어보면 나름의 규칙이 있었다.

첫 번째. "밥, 밥 콩밥 - 밥, 밥 초밥"
두 번째. "김, 칫국 김칫국 - 김, 칫국 김칫국"

세 번째. "사이사이사이다 사이사이사이다"

그리고 마지막. "계란말이 계란말이 계란말이 Yo!"

4분의 4박자 속 완벽한 조화가 이뤄진 그 교실에서 나는 아이들이 커다란 하나의 몸뚱이가 되어가는 장면을 목격했다. 아니, 그들은 하나의 악보이자 살아있는 음악이었다! 한참 만에 그들의 하모니가 끝나고 난 뒤 진실의 미간과 함께 정성 어린 박수를 쳐주었다. 완전 무대를 뒤집어놓으신 그들을 향해.

음악으로 지구인 모두 하나가 될 수 있음을 고3 시절 절친 허헌과, 정신줄을 놓은 고3 학생들이 알려주었으니 어쩌면 고3, 그러니까 열아홉이란 나이는 지구인 중 가장 어른이 아닐까? 이런 가르침을 전해줄 수 있는 존재는 고3이 아니고서는 절대 될 수가 없다.

아카펠라에 심취한 이후 특히나 계란말이를 만들 때면 늘 나도 모르게 엉덩이를 흔들며 리듬에 몸을 맡기곤 했다. 계란 서너 알을 까서 풀어줄 때도, 갖은 채소를 다져줄 때도, 기름을 살짝 두른 팬에 얇게 계란물을 펼쳐놓을 때도, 적당히 익었을 때 계란을 말다가 조금 찢어져 남은 계란물로 구멍을 메워줄 때도, 완성된 계란말이를 케찹에 찍어 한 입 베어 물었을 때도, 토실토실한 나의 엉덩이는 멈추지 않고 계속해서 좌우로 맘껏 흔들렸다! 할 게 없어서 혹은 '냉털'을 위해 어쩔 수 없이 만들던 계란말이는 이젠 더는 없다. 계란말이를 만드는 목적은 오직 지구인들의 화합! 그래서 신명이 난다! 흔들어! 엉덩이를 흔들어!

악기도, 어떤 음원을 트는 행위도 우리에겐 필요치 않다. 누구와 함께 하든 우린 환상의 하모니, 아카펠라 연주를 해낼 수 있으니까. 지구인에게 필요한 건 오직 다른 지구인이다. 당신의 환상적인 어우러짐을 소망하며, 정신줄을 놓은 고3들을 응원하며, 오늘 저녁엔 힘차게 계란을 말아보련다.

계란말이 계란말이 계란말이 Yo!
계란말이 계란말이 계란말이 Yo!

계란말이 계란말이 계란말이 Yo!

완전 무대를 뒤집어 놓으셨다!

규동, 소고기를 산처럼 쌓아 먹는 덮밥이라니

친절과 베풂은 허세가 아니다. 마땅히 그래야만 하는 것이다.

돈을 벌고 싶다. 그것도, 엄청 많이!

난 정말이지 부자가 되고 싶다. 마음이 부자이면 괜찮은 삶이라고 하지만, 현실은 언제나 고달프고, 잔인하며, 가끔은 정말 리셋에 대한 열망이 들기도 하지 않은가. 고작 돈 몇 푼에 이런 생각까지 한다는 게 참 가슴 아픈 일이긴 하지만, 이러한 열망이 피어난 덕분에 가슴 한구석에 숨어 있던 심지엔 불이 제대로 붙었고 이제 내 삶은 완전히 뒤바뀌었다. 난 한시도 허투루 쓰지 않는다. 삶의 모든 장면을 공허하게 비워두는 법이 없다. 그래서 이 글도 퇴근 후에 쓴 커피를 마셔가며, 잠을 쫓아가며 쓰고 있다. 브라보 마이 라이프를 위하여!

<Football Manager>라는 악마의 게임이 있다. 그리고 나는 이 악마의 노예로 10년을 넘게 보냈다. 심지어 직장을 갖게 된 이후에도 틈만 나면 게임을 하느라 정신이 없었다. 축구 감독이 되어 선수를 영입하고 전술을 짜 팀을 운영하는 방식으로 진행되는데, 워낙에 유럽 축구에 관심이 많다 보니 발을 들인 이후 좀처럼 그 발을 뺄 수가 없었다. 잠깐만 해야지, 했는데 반나절이 지나있기 일쑤였고, 다음 날 출근할 준비도 하지 않고 새벽까지 붙들고 있던 적도 있었다. 한심하다고 말하는 자여, 당신의 컴퓨터에 FM을 깔고 한 시간만 해보면 나의 심정이 십분 이해될 것이다. 악마와 맞서 싸우기엔 지구인의 힘은 너무도 미약하다.

사실 지금도 최신 버전의 <FM 2023>이 깔려 있긴 하지만, 절대 이 아이콘을 더블 클릭하지 않는다. 이건 나의 하루를 갉아먹

는 못된 악마의 날카로운 이빨임을 깨달았기에, 나의 인내는 유혹을 충분히 잘 이겨내고 있다.

정신을 제대로 차린 나는 이제 거의 매일 해가 지면 밖으로 나가 달리기를 한다. 당연히 이건 건강을 위해서다. 일주일 중 6일간 술을 퍼마셨던 폐인 같은 삶은 이젠 더는 없다. 젊은 시절의 발목 골절로 여전히 관절이 좋진 않지만, 달리다 걷다를 반복하며 매일 조금씩 그 거리를 늘려가고 있다. 달리기만 한 운동이 있을까. 돈도 안 들고, 장소에 구애받지 않으며, 무엇보다 특별한 기술이 필요하지 않다. 그래서인가, 매일 밤 동네 어르신들은 나의 달리기 메이트가 되어 주신다. 뽕짝을 크게 트는 건 조금 자제해주시면 좋겠으나, 그래도 어둔 밤을 환히 밝히는 소중한 지구인들이 내 주위에 머문다는 건 참 고맙고 행복한 일이다.

당신은 이쯤 되면 어쩌다 그런 전환점을 갖는 게 가능했는지 궁금하겠으나, 나의 전환점은 이제 당신에게 중요한 것이 아니다. 이 글을, 당신이 전환점으로 삼으면 되는 것이다!

어느 정도의 부자를 꿈꾸는지도 한번 말해볼까? 그건 바로 규동, 그러니까 소고기덮밥에 올린 소고기의 양이 얼마나 되는지에 달려있다. 1등급 한우 차돌박이를 산처럼 쌓아 규동을 만들 수 있다면, 난 그걸로 족하다.

재료도 많이 필요 없다. 멸치육수에 설탕, 간장, 액젓을 넣고 끓이다가 채 썬 양파를 한가득 부어주고, 양파가 반 정도 투명해지

78

면 소고기를 잔뜩 넣어 육수가 베이게끔 졸여준다. 달걀물을 두르고 익혀줘도 되는데, 뭐 없어도 그만이다. 고기가 산처럼 쌓여 있는데 다른 게 뭐가 필요해! 흰 쌀밥 위에 고기와 양파를 덮어주고 달걀노른자와 잘게 썬 대파로 플레이팅. 끝! 밥 한 숟갈에 차돌 두 점을 올려 먹자. 밥보다 고기가 많은 덮밥을 맛보면 부자가 된 기분을 맘껏 느낄 수 있을 것이다.

다시 말하지만, 난 반드시 부자가 될 것이다. 그런데 그냥 부자는 아니고, 마음조차 뜨뜻한 그런 부자가 되고 싶다. 첫 책을 출간하고 처음 받은 인세를 모조리 복지 단체에 기부했던 초심은 아직 나에게 유효하다. 유효하다 못해 더욱 커지고 있다. 그리고 전환점을 겪은 이후 내 삶엔 새로운 목표가 생겼으니, 그건 온 지구인이 마음껏 소고기를 산처럼 쌓은 덮밥을 맛보게 하는 것이다. 누구도 배고픔에 굶주리지 않고, 추위에 허덕이지 않으며, 아픔에 좌절하지 않는 그런 세상. 내가 진정으로 만들고픈 세상의 참모습이다.

여전히 나는 미약하기에 지구인 모두를 위한 무언가를 할 정도의 능력은 없지만, 나는 알고 있다. 혼자서는 할 수 없지만, 손길은 또 다른 손길이 되고 그 손길은 다시 새로운 곳으로 이어지며 결국 지구 곳곳에 뻗어나가게 된다는 것을.

당신이 궁금해할 비밀, 전환점에 관해 다시 말해보자. 사실 꽤 오랜 시간 나의 의식은 무의식이었다. 슬픔조차도 자취를 감춰가고 있었다. 허나, 수많은 목소리는 결코 날 가만히 내버려 두지 않았다. 미친 듯이 흔들어 무의식을 의식하게 해주었고, 그제야 비로소 알게 되었다. 그 목소리들은 변함없이 늘 그 자리에 있었다는 걸. 내게 삶에 목적을 던져주는 소중한 존재들이었음에도 그간 나는 왜 눈과 귀를 막아왔던가. 은행에 쌓인 물리적인 크기의 빚보다 훨씬 더 거대한 '세상에 대한 빚'을 진 사람임을 이제는 안다. 그래서 더 치열하게 글쓰기를 하는 것이다. 내가 계속하여 글을 쓸 수 있다는 것은 어쩌면 그 빚을 갚으라는 누군가의 배려일지도 모른다. 온 힘을 나해 낡아지지 않는 도구처럼 살고자 한다. 나의 언어가 명예를 외치면, 스스로 목청을 뽑을 것이다.

규동, 그러니까 소고기를 산처럼 쌓아 먹는 덮밥을 온 지구인과 함께 나눈다는 꿈. 이 초심을 잊지 않기 위하여 오늘도 나는 새로이 태어나는 중이다.

연진아 나 디게 신나

소고기를 잔뜩 올린 규동이거든

민니스 에반스와 에그마요 샌드위치

관계에 있어 가장 핵심적인 비결이 있다면 그건, 바로 웃는 낯이다.

민리스 에반스는 나의 마지막 담임 반, 3학년 1반 반장이었다. 물론 민리스 에반스는 본명은 아니다. 방금 생각해낸 이름이다. 그와 가장 닮은 할리우드 배우는 누가 있을까 고민하다가 영화 <캡틴 아메리카>에서 캡틴 아메리카 역할을 맡았던 크리스 에반스가 떠올랐다. 외모는 절대 아니고 그의 됨됨이가, 무척이나 닮았다. 사실 작중 이름은 '스티브 로저스'이고 크리스 에반스는 배우의 이름이지만, '민티브 로저스'는 뭔가 입에 착 달라붙질 않았다.

민리스 에반스는 맨날 실실대며 웃고 다녔다. 가끔 보면 바보같이 느껴질 정도로 잘 웃었다. 그렇다고 그가 바보인 것은 아니었다. 가끔은 '민리스 에반스야 말로 진정한 천재가 아닐까'하는 의심이 들곤 했다. 참, 그에겐 형이 있는데 그 형이 고3일 때도 마침 내가 담임을 맡았었다. 처음엔 민리스 에반스가 '민○○의 동생'으로 여겨졌다면, 이젠 그 민○○이 '민리스 에반스의 형'이 되었다. 어쩌다 이렇게 큰 존재가 되었단 말인가. 그에게서 뻗어 나온 의심의 뿌리를 파헤치기 위해, 그가 담긴 장면들을 머릿속에서 꺼내어 한 장 한 장 살펴보았다.

민리스 에반스가 학급 반장으로 선출된 직후 가장 걱정스러웠던 건 그가 가진 '리더십의 부재'라는 측면이었다. 이전까지 알던 민리스 에반스는 누군가를 이끌 수 있으리라 생각되는 존재는 아니었기에, '담임인 나에게 피곤한 한 해가 될지 모른다'라는 생각이 머릿속을 파고들었다. 그리고 나와 눈이 마주친 그는, 어김없이 웃고 있었다.

학기 초엔 전달할 이야기가 많기에 틈틈이 교실에 올라가 아이들을 만나야만 했다. 그때마다 민리스 에반스는 놀랍게도, 웃고 있었다. 그것이 나를 향한 웃음은 아니었다. 앞으로, 옆으로, 뒤로, 사방으로 웃음을 퍼뜨리고 있었다. 대한민국에서 '고3'이란 단어는 이제 고유명사가 아니던가? 그 고유명사는 부담과 긴장, 우울함과 고통이라는 부정적 단어들을 내재하고 있지 않았던가? 어찌하여 이들은 고등학교 3학년이라는 심리적 억압 속에서도 이렇게 행복할 수 있단 말인가? 민리스 에반스였다! 민리스 에반스는 억압에 밀려 땅속 깊이 꺼져있던 이들을 지면 위로 끌어올려 놓았다. 그는 정말 힘이 센 사람이었다.

그날 오후, 종례 시간이 다가왔다. 아니나 다를까, 담임이 오든 말든 교실은 시장통이었다. 전국에 있는 모든 남학생이 그러하진 않겠으나, 매일 내 눈앞에 앉아 있던 서른여섯 명의 건장한 남성들은 비교적 사고 회로가 단순한 편이었다. 수업이 끝났다는 건 억압된 틀에서 벗어날 수 있다는 의미이며, 무려 9시간을 버틴 후 얻게 된 해방감은 그들에겐 그 어떤 탄산음료보다 청량감을 주었을 것이다. 담임의 등장 여부는 자신들의 감정 컨트롤에 큰 의미가 있지 않았다. 그런데 그때, 어디선가 소란을 뚫는 외마디가 불쑥 튀어나왔다. 튀어나온 언어들은 단단하고 날카로운 것이었다.

"야, 조용히 앉아!"

3학년 1반이란 영화 속 시나리오에 이런 대사가 있을 것이라고는 결코 예상하지 못했다. 적잖은 충격이었다. 어떤 작가가 써 내려간 대사인가, 고개를 든 순간 또 한 번 놀라야만 했다. 민리스 에반스였다! 그는 교실이 잠잠해진 것을 확인한 후 다시 나와 눈이 마주쳤고, 어김없이 웃음을 지었다. 그리고 그 웃음은 내 머릿속에 '리더란 말야'라고 시작되는 긴 글을 새겨주기 시작했다. 그는 분명 서른여섯 명의 리더였고, 그들을 이끌고 있었다.

민리스 에반스가 선사한 최고의 장면은 어느 봄날의 오후였다. 실제로 기온이 가장 높은 시점보다 체감되는 더위가 더 크게 느껴지는 때가 있다. 미처 예상하지도, 대비하지도 못한 틈을 타 겨울이 사라진, 어제까진 추웠는데 봄이 갑작스레 등장하는 그런 날 말이다. 그때 보통의 아이들은 대부분 기절하듯 쓰러지거나 극심한 짜증을 내곤 한다. 날씨에 굉장히 예민한 녀석들이다. 그리고 우리의 히어로 민리스 에반스는 그들에게 달려드는 온갖 악귀들을 막아선다. 비장祕藏의 검을 뽑아 적들을 단칼에 베어버렸다.

"얘들아, 웃자!"

경이로운 순간이었다. 대단한 말 같지 않다고? 봄날의 오후 대한민국 고3 학생들을 만나보지 못했다면 그런 말을 쉽게 할 수 없을 것이다. 사실 웃으라는 예리한 칼날은 비단 '응원'이라는 이름으로만 국한되는 것은 아니었고, 이는 삶의 자세에 대한 '성찰의 기회' 같은 것이었다. 티베트 속담에는 '걱정을 해서 걱정이 없어지면 걱정이 없겠네'라는 말이 있는데, 이 말처럼 고작 날씨로 인해 골을 내고 짜증을 내는 것은 문제를 해결하는 데에 결코 도움이 되지 않는다. 오히려 더 많은 이들과 같은 감정을 공유하게 되는 꼴이지 않을까? 민리스 에반스는 타인을 대하는 마음가짐이 어떠해야 하는지 알려주곤 했다. 그게 이 시대 진정한 히어로의 모습인 것이다!

민리스 에반스에게 보답하기 위하여 사소하지만 소소한 행복을 전해주기로 했다. 마침 근무하는 학교가 천주교 재단이라 부활절을 기념하여 삶은 달걀을 아이들에게 나눠주었고, 이 타이밍에 10년 자취 경력을 자랑하는 담임 교사는 숨겨왔던(사실은 별 볼 일 없는) 요리 기술을 뽐내기로 했다. 그렇게 시작된 게 바로 에그마요 샌드위치 이벤트. 에그마요 샌드위치만큼 이벤트에 적절한 메뉴도 없다. 여럿이 모여 함께 만들고, 정을 나누고, 호불호 없이 즐길 수 있는 그런 메뉴!

전날 미리 오이 10개를 깨끗이 씻어 난도질하듯 다져놓았다. 아이들을 위한 시간이었으나 참 역설적이게도 무언가를 다질 때 아이들 얼굴을 떠올리는 것이…… 아니, 직장 동료들을 떠올리는…… 아니, 난 분명 아무 생각 없이 오이를 다졌다! 그리고 눈물을 흘리며 양파도 대여섯 개 다졌다. 거기에 마요네즈 두 통과 식빵 열 봉지, 소금, 후추, 설탕 같은 식재료를 챙겼고, 거대한 스테인리스 대야와 위생 장갑 한 통, 샌드위치 포장지도 준비했다.

아이들 몇몇과 담임 교사는 함께 삶은 달걀 껍데기를 까고, 으깨고, 미리 준비한 재료들을 몽땅 넣어 버무려 주었다. 한 명은 야무지게 식빵에 샐러드를 발랐고, 한 명은 더 야무지게 삼각형 모양으로 잘라 주었다. 그리고 민리스 에반스는 예쁜 포장지에 담아주는 역할! 모두가 웃으며 이벤트를 즐겼다. 틈틈이 유머 감각을 발휘한 민리스 에반스 덕분에 웃음이 끊이지 않은 행복한 시간이었다.

민리스 에반스뿐이겠는가. 삶이라는 긴 여정에 동참하는 이들 개개인은, 분명 우리에게 특별한 의미를 지닌다. 그 의미를 외면한 채 굳이 심리적 거리두기를 할 필요가 있을까. 세상 모두가 내게 그러하듯, 민리스 에반스는 내게 축복이다. 그리고 이제, 나도 모두의 축복이 되고 싶다.

샌드위치의 축복이

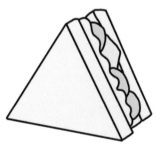

끝이 없네 끝이 없어

58년 개띠 김 선생님을 떠올리며, 냉삼 볶음밥

나이를 먹는다고 무조건 선배는 아니다. 그냥, 나이를 먹은 사람일 뿐.

아버지는 58년 개띠, 그러니까 이제 환갑도 지나 비로소 노년을 바라보는, 어른이 되셨다. 아버지가 이제야 어른이 되었다면 그럼 난, 대체 무어란 말인가. 무어랄 것도 없다. 나는 안다. 아직 철부지 어린아이와도 다를 게 없는 나의 지지부진한 성장의 속도를, 잘 알고 있다.

이를 잘 알게 해준 것은 역시나 아버지였다. 고작 단어 몇 개로 상난질을 하는 그런 부류의 인물이 아니기에, 아버지는 늘 행동으로 보여주셨다. 솔선수범의 전형이랄까. 난 솔선수범이란 말을 사람으로 만들면, 아버지가 등장할 것이라 굳게 믿고 있다.

해병대 장교 출신인 아버지는 매일 새벽 4시에 기상하여 신문을 읽고, 씻고, 출근하며, 아침 식사는 회사에서 가볍게 해결하신다. 물론 그 가벼움은 어머니의 노고로 가능했던 것이긴 하지만. (아버지는 감사하고 계실 것이다. 그건, 그래야만 하는 거니까.)

고작 기상 시간 따위만으로 아버지의 솔선수범을 논하는 것이 아니다. 아버지는, 일을 하신다. 누구보다 성실하고, 정직하게. 자기 아들보다도 어린 회사 후배들에게 '라떼는 말야' 따위를 시전하며 일을 미루는 법이 없다. 어디 멀리 출장을 갈 때에도 가장 먼저 출장지에 도착하여 짐을 풀고, 가장 늦게 그곳에서 떠난다. 후배들의 시간을 벌어주기 위함이다. 이러한 소위 '썰'은 아버지의 입에서 나온 적이 없다. 후배들이 전하는 참된 감사의 메시지에서 비롯된 내용이다. 어차피 군인 연금도 잘 나올 테고, 몇 년 편하게 버티다 정년 퇴임이나 하면 되는 것 아니냐며 아버지께 여쭤

었던 적이 있다. 그때 아버지는 뚱한 표정으로 말씀하셨다.

"그건, 쪽팔리잖아."

일평생이라고 하기엔 턱없이 짧은 햇수이지만, 30년 넘는 일평생 유일한 롤모델은 아버지뿐이었다. 그런데 놀랍게도, 좁디좁은 틈을 뚫고 한 사내가 시야에 들어왔으니 그는 아버지의 동갑내기 58년 개띠, '김 선생님'이셨다.

김 선생님의 첫인상은 그리 좋지 않았다. 아주 솔직하게 표현하면 -개띠답게- 매서운 사냥개 같은 느낌이었달까? 그와 처음 대면한 술자리, 냉동 삼겹살집에서 그는 나를 물고 놔주지 않았다. 바로 옆자리에 앉아 거친 말을 내뱉으며 빈 잔에 소주를 가득 채워주고, 비우면 다시 채워주길 반복했다. 그렇게 그는 한 점 한 점 내 살점을 -정확히는 내 정신줄을- 물어뜯었다. 거부할 수 없었다. 반드시 자기 잔도 채워 같이 마셔대는데, 사회 초년생이 이를 어찌 거부하겠는가. 그보다 더 무시무시했던 건, 그가 요리? 제조? 여하튼 순식간에 뚝딱 만든 '냉삼 볶음밥'이었다.

가게 종업원에게 가위를 빌려 바싹하게 구워진 냉동 삼겹살을 잘게 잘라낸다. 주변에 있던 밑반찬, 콩나물이나 김치 따위도 마찬가지다. 가위질 장인이 있다면 아마 이 사람이겠지, 싶을 정도로 재빠른 동작이 너무도 살벌하게 느껴졌다. 불판 위에 남아있는 고기 기름에 잘게 썬 재료들과 밥 두 공기를 -반드시 양손에

숟가락을 들고- 야무지게 볶아준다. 그리고, 김 선생님은 간을 맞춘답시고 기름장과 쌈장을 함께 버무리셨다. 오래 볶을 필요도 없다. 이미 모두 조리가 된 재료들이어서 살짝 데워준다는 느낌이면 충분하다. 단, 잘 버무려진 재료들은 불판에 이불을 덮어주듯 얇게 펴주어야 한다. 그래야만 누룽지의 식감을 얻을 수 있다.

젠장, 맛있었다. 난 역시나 한국인이 분명했다. 한국인은 마지막에 꼭 밥으로 마무리해야 한다는 그 이상한 논리가 전혀 이상하지 않은 건, 내가 한국인이기 때문이다. 내가 맛있게 먹는 모습을 보시고 흐뭇해졌는지 김 선생님께서는 다소 음흉한 말투로 말씀하셨다.

"안주도 새로 나왔는데, 한 잔 더 해야지?"

그렇게 나는 당연하다는 듯 취해버렸다.

다음 날 만난 김 선생님께선 거짓말처럼 아주 멀쩡해 보이셨다. 그런데 그 멀쩡함은 멀쩡하다고만 하기엔 많이 부족한 표현이었다. 아주, 젠틀했다. 말수도 적고, 상냥한 데다가, 후배들에게도 깍듯하게 인사를 건네는 그의 모습에 당황하지 않을 수 없었다. 나중에 옆자리 선생님께 김 선생님에 관해 여쭈니 '그분은 공과 사가 명확한 사람'이란 말이 돌아왔다. 공적인 공간에서 사적인 이야기를 잔뜩 늘어놓는, 눈치라곤 눈곱만큼도 없는 불편한 존재들이 -마치 총량의 법칙이라도 있다는 듯- 어딜 가나 있질 않은가. 김 선생님께선 공과 사를 확실히 구분할 줄 아는, '어른'이셨다.

　김 선생님께서 내 시야에 들게 된 가장 궁극적인 사건은, 그가 학교를 떠나기 하루 전에 벌어졌다. 원래 김 선생님께선 늘 부끄러워하셨다. 나이가 많다는 이유로 본인에게 주어진 업무량이 턱없이 적다는 걸 말이다. 그래도 그가 자신의 위치에서 뭐라도 하나 더 해내기 위해 애쓰고 있음은, 나도 익히 들어 알고 있었다. 알고 있었지만, 마음은 마음일 뿐 꺼내 보지 않는 한 이를 어찌 알 수 있었겠는가. 그저 그러려니 했을 뿐.

　퇴임 직전 그의 업무는 '교무 기획'이란 것이었다. 당시 교무 기획 담당자에겐 딱히 업무랄 게 없었다. 교무실에 있는 큰 칠판에 달력 표시가 되어 있는데, 거기에 학사 일정을 채워 넣는 것 정도? 정말 별것도 아닌 일이긴 했다. 그런데 정말 놀랍게도, 김 선생님께선 퇴임 하루 전 그 비워진 칠판을 한 칸 한 칸 채워 넣고 있었다. 퇴임 하루 전에 말이다. 사소하고도 보잘것없는 그 일을, '누군가 하겠지' 하고 넘어가도 될 그 일을, 그는 짧은 팔을 힘껏 올려 정성스레 해내고 있었다. 많은 이들이 숨을 죽이고 그 광경을 바라보았다. 이해할 수 없었을 것이다. 보통 퇴임 즈음이면 자기 신상 정리나 하고 있을 게 뻔하지 않은가. 하루 전이 아니라 퇴임 몇 년 전부터 모든 걸 내려놓고 여유롭게 일상을 즐기는 게 다반사인 세상인데 말이다. 그분은 떠나는 자신의 빈 자리를 채울 그 누군가를 위해 아주 조금이라도 짐을 덜어주고 싶으셨던 게다. 그의 진심이, 온전히 전해진 순간이었다.

결론적으로 -너무 갑자기 결론을 내는 것 같긴 하지만- 김 선생님께서는 내 롤모델이 되지 못하셨다. 그건, 본인만 어른이었기 때문이다. 어른으로서의 마지막 역할, '어른을 만드는 일'에는 그다지 관심이 없으셨던 게 문제였다. 지금 학교엔, 어른이 없다.

내가 이 글을 끄적인 이유는, 특정인을 비하하거나 특정 집단을 공격하기 위함은 아니다. 그저 내가 어른이 되지 못하는 것에 대한 자기 연민, 그 이상도 이하도 아닐 것이다. 나의 성장 속도는 여전히, 지지부진한 상태이니까. 에잇, 냉삼 볶음밥이나 만들어 먹어야겠다.

어? 삼겹살이다!

이거 나한테도 있는데..배에..

떡은 싫지만 떡볶이는 먹고 싶어

목소리를 크게 낼 것이 아니라 목소리의 힘 있는 주인이 되어야 한다. 적어도 이, 사회에선.

그러니까 이건, 말 그대로다. 난 떡을 싫어하는데, 떡볶이는 좋아한다. 이게 무슨 개소리야, 라고 말할 그대여! 조금만 진정하고 내 얘기를 끝까지 들어주길. 한국말은 끝까지!

떡볶이란 음식은 떡과 어묵이 메인이지만, 창조 정신과 창의력이 전 세계 상위권인 우리 민족은 새로운 떡볶이를 수시로 개발해냈고 무엇보다 토핑, 그러니까 떡과 어묵 외에 들어갈 부재료들의 변화를 통해 더욱 다채로운 만남을 추구해냈다. 그리고 떡을 싫어하는 민족의 이단아는 떡볶이에서 늘 떡 대신 비엔나소시지와 메추리알, 갖은 채소들만 골라 먹곤 했으니! 토핑들을 떡볶이 소스에 흠뻑 적셔 한입 가득 넣으면 입안 가득 퍼지는 고추장소스의 맵고 달짝지근한 맛과 그 토핑들의 어우러짐이 참 좋았다. 떡으로도 느낄 수 있지 않냐고? 개인차겠지만 이단아는 떡의 쫄깃함을 싫어하고 무엇보다 떡은, 무無 맛이다. 떡 자체에는 아무런 맛이 없다고 생각하는 이단아에게 굳이 떡을 먹으라 강요하지 말아줘. 난, 떡이, 싫단 말이야!

특이성을 지닌 지구인은 지구인 취급을 받지 못하는 이 세계에서 나만을 위한 떡볶이는 전국 어디에도 없었다. 그리하여 개발된 새로운 요리는 '떡 없는 떡볶이'. 떡이 들어 있지 않은데 그렇다고 딱히 새로운 이름을 붙이기도 애매하니 그냥 그렇게 이름을 붙였다. 홍철 없는 홍철팀도 있는데 뭐, 어때!

비엔나소시지와 메추리알, 파프리카나 양파, 대파 같은 갖은 채소도 좋다. 물론 누군가는 '우린 이걸 소시지 야채볶음이라 부르기로 했어요'라고 말할 수 있다. 하지만 케찹 베이스인 '소시지 야채볶음'과는 달리 '떡 없는 떡볶이'는 고추장 베이스로 조리되기에 엄연히, 완전히, 분명히 다른 음식이다. 여하튼 떡볶이는 소스의 맛이 참 중요한데 대한민국 떡볶이 1호 명인 김두래 선생님께서는 떡볶이 소스를 만들 때 도라지청을 활용한다고 하지만, 명인이라는 호칭까진 바라지 않았던 나로선 도라지청 대신 편의점에서 파는 식혜나 아침햇살 음료를 이용했다. 그 안엔 액상과당으로 대표되는 여러 당류가 포함되어 있어 아주 간편하게 소스의 맛을 만들어 낼 수 있으니까. 음료에 고추장, 고춧가루, 설탕과 간장 따위를 섞고 앞서 준비한 토핑 재료들을 넣은 뒤 한소끔 끓이면 기대하던 그 맛, 떡볶이 소스가 완성된다.

여전히 누군가는 떡이 없는 떡볶이가 가당키나 하냐며 비난의 목소리를 글자들 사이사이에 던져두고 싶어 할지 모른다. 그들에게 정중히 부탁하고 싶다. 제발, 다른 건 틀림이 아님을 알아주면 안 될까? 지금을 살아가는 지구인들은 자꾸만 자신을 지우려고만 한다. 남들과 같은 모습으로 살고자 억지로 애쓰는 이들이 자꾸만 늘어간단 말이다. 그런데 사실 이건, 지구인들의 탓이다. 나와 다른 이를 틀렸다고 단정 지어버리는 지구인의 못된 습성이 스스로를 향한 화살이 되어 가슴팍에 팍팍 꽂히고 있다.

떡 없는 떡볶이를 외쳐도 될 것인가에 관하여! 나는 지금 어마어마한 용기를 내고 있다. 물론 세계를 존속하는 보편적인 가치들을 따르는 건 지구인으로서 지켜야 할 당연한 도리이겠지만, 삶의 모든 영역에서 그럴 필요가 있을까? 아무리 어두운 소식들만 들려오는 아픈 요즘이라지만, 그렇다고 그 어둠 속에 당신마저 자신을 희미하게 만들 필요가 있을까?

BTS나 뉴진스가 아니어도 괜찮다. 당신의 취향이라면, 90년대 감성 록 발라드도 살아있는 음악이니까. SNS에 해외여행을 인증하지 않아도 괜찮다. 당신의 취향이라면, 집돌이와 집순이의 하루도 충분히 평화로운 안식이니까. 그건, 틀린 게 아니다. 다른 것이다! 나와 당신의 행복을 위하여 우린 맘껏 사랑을 나누고, 우리가 하고픈 것들을 맘껏 즐기고, 우리가 먹고픈 것들만 먹어도 괜찮다고, 나는 우리 모두를 위해 다시 한번 당당히 외치려 한다.

"난, 떡이, 싫단 말이야!"

그나저나 말이다. 지구인은 누구나 요리를 해야 한다. 내가 지금 먹고 싶은 그 맛을 구현할 수 있는 건 바로 나, 나밖에 없다는 걸 왜 지구인들은 모르고 있을까. 누구나 요리사가 될 순 없지만, 누구나 요리를 할 수는 있는데 말이다.

물론 난, 나보다 소중한 지구인의 입맛을 더 존중할 것이다. 떡 없는 떡볶이를 넘어 김치 없는 김치찌개, 닭이 없는 닭갈비를 원한다 해도 나는 늘 누군가와 함께 맛있는 저녁을 즐길 것이다. 모두가 우릴 틀렸다고 말해도 우린, 계속 그렇게 사랑하고 있을 것이다.

떡은 싫지만

떡볶이는 먹고 싶어

지구인을 하나로 묶는
마법의 음식, 표고버섯 리소토

자물쇠를 풀어 놓지 않으면 누구도 우릴 찾지 않을 것이다.

강원도 산골짜기에서 농사를 짓는 사촌 형님께선 명절 즈음이면 한가득 표고버섯을 보내주신다. 이 표고는 들기름에 구워 소금만 살짝 뿌려 먹어도 맛이 일품이다. 그런데 여기에 일등급 한우 차돌박이를 함께 구워내면 어떨까? 그야말로 끝판왕 수준의 음식이 마련된다. 표고버섯 우린 물로 밥을 지어 표고버섯 밥을 만드는 건 또 어떻고! 버섯의 진한 향이 당신이 머무는 공간을 강원도 산골의 평화로운 숲속으로 이끌지도 모른다.

생각해보니 우리나라엔 유독 버섯을 넣어 끓인 백숙 요리 집이 많은 듯하다. 산지가 많은 우리나라의 버섯 맛이야 모르면 간첩, 아니 간첩들도 버섯 맛은 잘 알고 있을 테니 모르면 외계인? 버섯과 닭 육수가 진하게 우러난 국물 한 숟갈을 뜨면 아무리 힘이 센 동장군도 겁이 나서 도망갈 정도이니, 사람들이 많이 찾는 이유가 있겠지. 그런데 말이다. 산골짜기에선 왜 이 좋은 버섯으로 리소토를 만들어 먹지는 않는 걸까? 너무 엉뚱한 이야기인가? 버섯 리소토를 크게 떠서 한입 가득 채우고 나면 건강은 물론 세련되고 그윽한 풍미까지 작렬할 텐데!

정말이지 낯설고도 어색한 강원도와 이태리의 만남. 표고버섯 리소토로 이 난관을 금세 극복할 수 있다. 그 첫 단계, 리소토용 쌀 준비! 유럽에서 쌀 재배가 가장 활발히 이뤄지는 이탈리아 내에서도 카르나롤리 쌀은 그 품질이 가장 우수한 것으로 평가받는데, 질감이 단단한 편이라 리소토용으로 매우 적합한 제품으로 알려져 있다. 그리고 이 카르나롤리도 인터넷에 검색하면 순식간에 우리 집 문 앞에 배송되어 온다.

다음 단계는 한쪽에선 치킨스톡을 풀어 닭 육수를 만들어주고, 다른 한쪽에선 잘게 썬 표고버섯을 올리브유에 볶아주는 것이다. 버섯 색이 진하게 변하면 잠시 그 팬은 빼주고, 다른 팬에 버터를 넣고 양파와 마늘을 볶다가 카르나롤리 쌀을 두 주먹 넣어준다. 당연히 이건 2인분 양이지. 사랑하는 이와 함께 먹을 리소토니까. 화이트 와인을 넣고 저어주다가 중간중간 치킨스톡을 한 국자씩 넣어주면 매우 크리미한 리소토가 구현되기 시작할 것이다. 단, 젓는 행위와의 사투가 벌어져야만 한다. 금방 타버리기 때문인데 그렇다고 이걸 방지하기 위해 한꺼번에 많은 육수를 넣으면 그건 쌀을 볶는 게 아니라 삶는 것이 되어 버릴 수 있다.

마지막 단계. 쌀이 어느 정도 익었을 때 아까 볶아놓았던 강원도 산골의 표고버섯을 넣고 한 번 더 볶아주는 것이다. 아주, 살짝만. 버터와 치즈까지 넣어주면 비로소 정성 가득한 표고버섯 리소토 완성이다. 아, 아예 리소토 위에 슬라이스한 표고버섯 조각들을 올려버리자. '나 표고버섯 리소토에요'하고 당당히 말하듯, 그렇게.

내 인생에 또 새로운 목표가 생겼다. 강원도 산골짜기에 버섯 크림 리소토 전문점을 차리는 것. 수요일엔 재료 준비, 그리고 목요일부터 토요일까지만 영업하는 주 3일제 특별한 식당이다. 나머지 요일은? 놀아야지! 산골이라 손님 걱정되지 않느냐고? 맛있으면 다들 찾아오기 마련이다. 3일 장사해서 돈이나 벌겠냐고? 돈

벌려고 장사하려는 게 아니다. 아니, 그 전에 많이 벌어 놓을 테다! 산골 생활이 불편하지 않겠냐고? 어차피 쓱 하고 오는 배송도 있고 로켓처럼 배송하는 회사도 있으니 전혀 걱정되지 않는다.

반대로 이태리 밀라노의 화려한 번화가에서 각종 버섯을 넣어 끓인 진하디진한 국물의 닭백숙도 팔아보고 싶다. 산에서 직접 캔 나물 반찬을 늘어놓고 겉절이와 양념장까지 한 상 가득하게.

"부오노 부오노 Buono, buono."

"델리시오소 Delizioso!"

어디선가 수염 난 이태리 미식가들의 감탄사가 들려오는 것만 같다. 그리고 이건 허무맹랑한 상상에 지나지 않는 불가능한 일만은 아니다. 이제, 지구는 하나가 되었으니까!

당신도 알 것이다. 지구는 오직 지구일 뿐, 지구 표면에 그어진 경계는 조금씩 무너지고 있다는 것을. 급격한 기술 발전으로 인해 각국의 문화는 매우 빠른 속도로 전파되며 지구인 모두를 하나로 이어주고 있다. 서로의 문화를 인정하고 받아들이며 더 풍요로운 지구를 만들고 있는 셈. 그리고 이건, 그래야만 한다! 더는 서로와 서로를 구분 지으며 굳이 다른 점을 부각할 필요는 없다. 우린 모두 하나! 지구촌! We are the world!

지구에 점과 점을 잇는 선이 굳이 필요하다면, 그건 둘로 쪼개는 경계선이 아닌 지구인들을 하나로 묶는 '연결선'이었으면 좋

겠다. 강원도 산골에서 채취한 표고버섯으로 만든 이태리 음식,
표고버섯 리소토처럼 말이다.

세상에서 가장 추운 음식은?

버섯...다 버섯...

백종원 쌤! 콩국수엔
소금이에요, 설탕이에요?

휘둘리는 것과 인정받는 것을 구분하고 있는가?

백종원이란 지구인이 있다. 대한민국에서 모르는 사람이 없을 정도로 어마어마한 영향력을 가진 인물이고, 난 그를 좋아한다. 항간에서는 '그도 어차피 장사꾼이다' 혹은 '대한민국 식문화를 망치고 있다'라고 비난하는 이들도 있으나, 장사꾼이란 건 결국 그의 사업수완이 좋다는 말이고 식문화를 망친다는 표현은 조금 과한 면이 있다. 좀 더 간편한 조리법을 제시하고자 애쓰고 있을 뿐이며 무엇보다 자신이 가진 음식에 관한 철학을 절대 누군가에게 강요하지 않는다. <골목식당>에서도 받아들일 수 없는 이들에겐 -물론 그것이 갈등으로 이어지긴 했지만- 솔루션을 포기할 수 있는 선택지를 주곤 했다. 그러니 마음에 들지 않으면? 받아들이지 않으면 된다! 나도 절대 그의 모든 것을 -특히 설탕에 있어서는- 그대로 답습하지 않는다. 더불어 이 지구인은, 대한민국 구석구석에 행복과 평화가 깃들기를 바라며 누구도 해내지 못할 실천가로서의 모습을 보여주고 있질 않은가. 가진 사람이라고 다 그런 게 아님을 우린 아주 잘 알고 있다. 그리고 기왕이면 누군가의 선한 모습을 보려고 애쓰는 편이 개개인의 내적 평화를 유지하기 위해서도 좋을 것이다. 지적보다는 응원이, 지구를 더욱 밝게 만드는 방법이다.

그가 대중들에게 얼굴을 비칠 초창기 무렵, <마이 리틀 텔레비전>이란 프로그램에서 초간단 콩국수를 선보인 적이 있다. 사실 콩물 만들기는 워낙 까다롭고 번거로워서 쉽사리 도전하지 못한다는 문제가 있는데, 노력은 덜 들이고 맛은 비슷하게 낼 수 있는 비법을 알게 되었으니 이를 어찌 따라 하지 않으랴. 흔히 콩국수는 여름에만 먹는다고 생각하지만 (아니 왜 콩국수만 먹었을 거로 생각해?) 콩국수는 거들 뿐, 돼지갈비 구워 먹고 나선 입가심으로 콩국수가 제일인걸?

사실 백주부(당시 프로그램에서 불리던 호칭)님께서 알려주신 레시피를 착안해서 새롭게 콩물 만들기를 시도했는데, 생각보다 결과물이 괜찮았다. 두부 한 모를 통째로 믹서기에 넣고, 그 두부 용기만큼 물을 한번 채운다. 백주부님은 물을 세 번 넣으셨는데, 난 그 대신 두유 한 팩을 넣었다. 두유도 콩으로 만들었으니 좀 더 콩 맛이 진하게 나지 않을까 싶었던 게지. 대신 백주부님 레시피에 들어 있던 땅콩버터는 생략. 땅콩버터는 참아야만 할 것 같은 기분이 들었던 건 왜일까. 여하튼 통깨까지 듬뿍 넣고 재료들을 몽땅 갈아주면 거짓말처럼 콩물이 완성된다. 중간에 삶은 소면을 삶아 잘 깔아주고, 콩물을 살살 부어준 뒤 고명까지 올려주면 아주 고급스러운 콩국수 한 그릇 대령이오! 어때유? 맛있겠쥬?

자, 여기서 지구인들은 논쟁의 갈림길에 서게 된다. 콩국수엔 소금이냐, 설탕이냐. 그런데 분명히 말하지만 여기서 굳이 망설일 필요가 없다. 난 무조건 콩국수엔 소금이다. 설탕을 넣는 건 상상도 해 본 적이 없다. 그리고 그건, 잘못된 게 아니다. 특히나 콩국수와 늘 함께 곁들이는 김치, 김치와는 소금 넣은 콩국수가 훨씬 잘 어울린다. 누군가는 '콩국수에 설탕 넣어 먹는 사람이 진정한 맛잘알이다'라고 말하기도 하지만, 그건 그의 소신일 뿐 나의 소신은 틀린 부분이 없으니 그냥 그대로 밀어붙여도 된다. 소금 파면, -설탕파의 의견을 존중해주되- 소금이 맛있다고 당당하게 주장하자.

백종원이란 지구인에게 가장 강력하게 배울 수 있는 건 뭐니 뭐니 해도 뚝심이다. 남들이 뭐라 하든 자신의 소신을 믿고 있는 힘껏 밀어붙일 수 있는 용기! 그 소신이 옳은 일이기에 많은 이들의 지지를 받고, 응원을 받는 것 아닐까? 자영업자들을 위한 지역 경제 살리기, 음식점의 과도한 가격 거품 빼기와 양심 있는 가게 운영, 가맹점 수수료 인하, 세계에 한식 전파하기 등 그가 추진하고 있는 정책들은 참으로 칭송받아 마땅하다. 더군다나 온 국민이 그의 레시피를 따라 요리를 하는 모습을 보면 음식에 대한 노하우 역시 대단한 게 분명하다. 쉽게 맛을 내는 비법을 안다고 할까? 지구 곳곳을 다니며 음식 연구를 했다고 하는데, 그가 가진 음식에 대한 열정 역시 배우고 싶은 부분이다. 다양한 언어를 구사할 줄 아는데 그게 다 음식 주문 관련된 표현만 가능하다는 에피소드가 있을 정도니…….

강한 신념과 소신이 경쟁에서 우위를 점하기 위함으로, 혹은 개인적 이득을 취하기 위함으로 이뤄져선 안 되겠지만, 자기 주관이 뚜렷한 지구인은 분명 자존감이 높다. 주체적으로 삶을 설정하고 계획하여 그 단계를 밟아나갈 수 있기 때문이다. 설령 과정 중 실패가 뒤따르더라도, 후회란 것도 결국 내가 해야 제맛이다. 그래야 오류를 수정하고 새롭게 장면을 펼쳐 나갈 수 있으니까.

다시 말하지만, 삶의 선택은 내가 주인이어야 한다. 외부로부터 강요받거나 타인에게 휘둘리며 억지로 삶을 영위하는 이들이 있다면, 과감히 초간단 콩국수를 만들어 먹어보길 권한다. 아주, 용기있게, 소금이든 설탕이든 팍팍 뿌려 먹기를.

고작 콩국수에 넣는 소금으로 소신있는 삶을 논한다는 게 조금 우습게 여겨질지 모르지만, 세상 모든 이치는 사소한 곳에도 다 녹아 있기 마련이다. 그래서, 나는 오늘도 요리를 한다. 내일은 더 나은 삶이 되길 바라며.

콩국수 제법 간단하쥬?

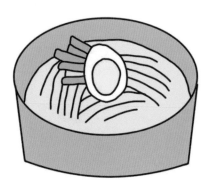

이제 맛봐야쥬~~

맛을 유린당해버렸다!
유린 탕수육의 반견

강요된 기준은 적개심을 불러일으킬 뿐.

1인 가구의 한계 중 하나는 먹고 남은 음식을 처리하는 것이다. '1인 1닭'을 능히 해내는 지구인도 있기는 하지만, 몇 조각 먹고 나면 배가 불러 금세 치킨을 주문한 것을 후회하는 그런 존재도 있다. 어디에? 우리 집에! 나, 나!

치킨과 더불어 대표적으로 그 후회를 불러일으키는 음식이 있으니 바로 탕수육이다. 평상시에 보통 탕수육만 시키는 경우는 거의 없다. 짜장면이든 볶음밥이든 식사류 하나에, 당연히 요리류에서도 한 가지 음식을 더 주문한다. 밥과 반찬의 개념이랄까? 기왕 때우는 끼니 조금이라도 맛있게 해결하고 싶기도 하니까. 그나저나 식사류는 어떻게 한 끼에 해결되긴 하는데, 탕수육은 꼭 남는다. 다음 끼니에 먹으면 된다고 할 수도 있지만 문제는, 탕수육이 다음 날 먹을 땐 처음 접했을 때처럼 맛있지 않다는 점이다. 물론 다시 튀기기도 하고 오븐에 돌려먹기도 해봤지만 그래도 떠난 첫맛은 되돌아오지 않았다. 가격을 생각하면 가성비가 너무 떨어진다고 생각할 수밖에. 그렇다고 애초에 탕수육은 시켜먹지 마? 나도 매일을 맛있게 살고 싶은데!

굉장히 다양한 시도를 통해 탕수육 살리기에 도전했던 -금세 배가 불러 안타까워하던- 지구인은 드디어, 해결책을 찾아내고 말았다. 놀랍게도 이건 학교에서 학생들이 알려준 방법이다. 아, 물론 직접적으로 탕수육 활용을 설명해준 건 아니고 폐전구를 활용해 예쁜 화분을 만들어 자랑하는 해맑은 모습에서 찾아냈다. 아이들은 쓸 수 없는 전구를 전구로만 바라보지 않았다. 정해진 이름을 떼어내고 나면 사실 폐전구는 무엇이든 될 수 있는 소중한 재료일 뿐이었다. 전구는 반드시 불을 밝히는 용도로만 써야 한다는 잘못된 고정관념에서 벗어난다면, 남은 탕수육은 꼭 다시 탕수육으로 원상 복귀시켜야 한다는 편견을 버린다면, 탕수육도 얼마든지 새로이 태어날 수 있지 않을까? 그렇게 온갖 중국집 메뉴와 인터넷 블로그를 뒤지다가 발견한 것이 그 이름도 찬란한 유린 탕수육! 당신의 입맛을 유린하겠어!

남은 탕수육은 기름에 튀겨준다. 너무 오래 튀기면 딱딱해질 수 있어 중간중간 계속 확인해주어야 한다. 이때 느끼함이 올라온다는 단점이 있어서 이를 잡아 주어야 하는데, 냉장고에 있는 온갖 채소들이 쉽게 해결해줄 것이다. 양파, 피망, 오이, 대파, 알 배추에 토마토까지 몽땅 다져준 다음 재료들을 전부 유린기 소스에 푹 담가주면 된다. 유린기 소스? 갑자기? 절대 어렵지 않다. 간장, 식초, 물을 1:1:1 비율로 섞고 설탕만 입맛에 맞게 추가해주면 완벽한 유린기 소스가 만들어진다. 그야말로 마법의 소스! 신발을 담가도 맛있을 것 같⋯⋯.

원래 유린기는 '기름을 뿌린 닭고기'라는 의미이며 갖은 채소 위에 튀긴 닭고기를 올리고 새콤한 간장 소스를 부어 먹는 음식이다. 유린기의 '기'가 닭을 의미하는데, 탕수육을 깔았으니 유린 탕수육, 이렇게 부르면 되지 않을까? 여하튼 새로 튀긴 탕수육 위에 채소를 넣은 유린기 소스를 부어주면 시체도 군침 흘릴 유린 탕수육의 완성이다. 이 유린기 소스는 튀김의 느끼함을 잡아 줌은 물론 바삭함과 촉촉함을 동시에 느낄 수 있도록 해주었다. 이런 메뉴가 존재하고 있었을 줄이야! 결과적으로 유린 탕수육에 도달하게 해준 아이들에게 감사하지 않을 수 없었다. 얘들아, 고마워! 내가 사줄 순 없고, 너희들도 탕수육 사 먹어!

어른들은 대상을 바라볼 때, 특히 아이들을 볼 때 있는 그대로 바라보는 법이 없다. 꼭 '평가'를 한다. 그리고 여러 평가 기준 중 하나는 꼭 '성적'이다. 한없이 착하고 예쁜 아이를 보면서도 '착한데 성적은 별로인 아이', '성적도 좋고 예쁜 아이'와 같은 식으로 이야기한달까. 사실 아이들은 성적과 관계없이 누구나 무한한 가능성을 지니고 있다. 어른들이 생각하는 것처럼 한계가 있지 않다. 어디로든 나아갈 수 있으며, 무엇이든 해낼 수 있는 게 바로 우리 아이들이다. 아이가 가진 성적, 배경 따위가 아니라 정말 아이 그 자체를 바라볼 수만 있다면, 지구는 좀 더 나은 세상이 되었을 텐데 말이다.

특히나 나는 교사라는 직업을 가지고 있어서 그런지 자꾸만 나쁜 어른이 되어가고 있었다. 어떻게 바라봐야 하는지 알면서도 그게 잘 안 됐달까? 부끄럽기도 하다. 학생이라면 으레 공부해서 대학을 가야 한다는, 그게 학생으로서의 도리라는 편견은 쉽사리 지워지지가 않는다. 다른 잠재력을 지녔는지 확인하지도 않고 무조건 대학에 가야 한다는 말만 강요하곤 했다. 학생이 아니라면, 나와 다를 게 없는 -다만 나이가 조금 어린- 지구인일 뿐인데…….

남은 탕수육을 어떻게든 탕수육으로 원상 복귀시키고자 했다면 결코 유린 탕수육을 발견하지 못했을 것이다. 세계가 정해놓은, 마치 꼭 그래야만 할 것 같은 편견을 버리고 대상을 있는 그대로 바라보면 그 대상이 가진 문제가 보이고 대상이 가진 가능성이 보인다. 아이들도 그렇다. 대학이 아니어도, 그들은 살아남을 수 있다. 아니, -살아남는 정도가 아니라- 아주 잘 살아갈 수 있다! 그리고 이건 모든 지구인이 마찬가지다. 우리 모두 스스로 가진 문제를 해결할 수 있고, 뻗어나갈 가능성도 지니고 있다.

그러고 보니 아이들은 무한한 상상력을 지니기도 했다. 그 상상력은 자신의 미래를 펼치는 데에도 작용하겠지? 어른들이 간섭하고 방해하지 않으면 더 멋진 세계를 알아서 꿈꿀 테니, 탕수육을 강제로 먹일 게 아니라 탕수육 사 먹을 돈만 쥐여주면 딱 맞지 않을까 싶다. 어쩌면 아이들은, 탕수육 대신 다른 재료들을 사다 새로운 음식을 만들어 당신의 입맛을 유린할지도 모른다. 그저 어른들은, 응원하며 지켜봐 주기만 하면 되지 않을까.

탕수육은 부먹? 찍먹?

탕수육은 '처먹'입니다

오이처럼 냉정할 수 있을까?
오이 크래미 마요 무침

항상 문제는 극단적일 때 발생한다. 그 정도가 아니라면, 당신은 좋은 사람이다.

영어에는 'as cool as a cucumber'라는 속어가 있다. 오이처럼 차갑다, 혹은 냉정하다는 의미인데 오이 속 온도가 바깥보다 20도 이상 낮아서 이러한 표현이 탄생했다고 한다. 오이는 아삭한 식감에 시원한 맛까지 있어서 전 세계 지구인들 -특히 등산인들-이 즐겨 먹는 채소이다. 그런데 반대로 오이를 못 먹어서 냉면이나 짜장면 같은 음식을 주문할 때마다 '오이 빼주세요'라는 요청을 하는 지구인들도 있다. 심지어 지인 중에는 오이를 못 먹어서 친해지고, 결국 커플이 된 이들도 있을 정도다. 오이가 맺어준 인연인 건가?

그러고 보면 세상 모든 사랑은 기적이다. 80억 지구인 중 단 두 사람이 만나 사랑을 나눌 수 있다니! 친구를 만들 땐 제한된 범위나 한계가 없다. 그렇지만 연인은 단 한 사람이어야 한다. 80억 명 중 단 한 명만을 사랑해야 한다! 이러한 사랑이 정말 위대한 감정임을 알고 있지만, 안타깝게도 사랑이 이어지는 가운데 종종 필요한 태도 중 하나는 '냉정함'이다. 가끔 우린, 오이처럼 차가워져야할 때가 있다.

예를 들어 이런 것이다. 오이처럼 식어버린 상대에게 끝까지 매달리며 사랑을 갈구하는 것만큼 지치고 괴로운 일이 없다. 그럴 땐 상대가 그러하듯 나 역시 오이가 되어야 하는데 단칼에 끊어내는 건 좀처럼 쉽지 않다. 자존심이나 체면 때문인지, 아니면 자존심이나 체면이 전혀 발동하지 않아서인지 모르겠으나 냉정함을 갖지 못하고 매달리거나 애원하는 일이 발생해버린다. 뜨거운 사랑이란 표현은 있지만 -보통 사랑이 식었다는 식으로 표현하지- '차가운 사랑'이라고는 하지 않는데, 열정적인 사랑은 쉽사리 포기할 수 없는 선물과도 같기에 지구인들은 좀처럼 오이가 되질 못하는가 보다.

냉정함은 굉장히 긍정적인 의미로 작용하기도 한다. 평소 화가 많은 편인 나라는 지구인에게 꼭 필요한 말이기도 하다. 괜히 흥분해서 잔뜩 신경질을 내며 주변인을 불편하게 만들기 일쑤인데, 창피하게도 그런 언행을 일삼고 난 날 밤이 되면 좀처럼 잠이 오질 않는다. 꼭 그래야만 했을까, 하는 괴로움에 휩싸여 '이불킥을 시전하게' 된다. 이불에 구멍이 날 지경이다. 그렇기에 때론 머리를 식혀줄 냉정함이 우리에게 -특히 나에게- 필요하다. 이불을, 버릴 수는 없으니.

이렇듯 냉정함이란 사랑에만 국한되는 태도는 아니다. 인간관계에 있어서 혹은 난해한 삶의 단면을 마주함에 있어서 우리는 줄곧 오이의 외침을 들어야만 한다.

"나보다 차가울 자신이 있어?"

자신이 없었으므로, 혹시나 오이가 될 수 있을까 하여 오이 크래미 마요 무침을 해보았다. 원래 오이는 생으로 고추장 찍어 먹는 게 제일이지만, 그래도 조금은 특별한 반찬을 만들고 싶었는가 보다.

오이를 써는 방법은 정해지지 않았다. 길쭉하게 채를 썰어도 되고, 동그랗게 편을 썰어도 된다. 이래도 오이, 저래도 오이일 뿐.

다만 소금에 절여 물기를 제거하는 과정은 아무래도 선택이 아닌 필수가 될 듯하다. 그래야 아삭아삭한 식감이 유지되고 나중에 간이 변하는 일도 없을 테니까. 크래미도 먹기 좋게 잘게 찢어주고, 마요네즈와 설탕을 넣어 같이 버무려 주면 완성. 역시나 오이가 들어가서인지 상큼한 맛이 제격이었다.

그런데 오이를 먹으니! 희한하게 정말 오이가 되는 듯한 느낌이 들었…… 을 리 없잖아. 오이 먹는다고 오이가 되면 돼지를 먹으면 돼지가 되겠…… 될 수도 있겠구나. 그렇지만 어쨌든 오이는 씹어 먹으면 그뿐, 오이가 되진 않았다. 여전히 난, 아무리 오이를 먹어도 냉정하지 못한 한심한 지구인일 뿐이었다.

더는 한심하고 싶지 않았던 난 다시 냉장고를 열어 오이 크래미 마요 무침을 꺼내 입 안 가득 욱여넣고 와그작와그작 씹어먹었다. 그리고 천천히, 냉정함에 관해 고찰을 시작했다. '냉정'이란 단어를 좀 더 쉽게 이해할 순 없을까? 당연히 있지, 왜 없어! 당신에게만 알려주는 팁인데, 특정 단어의 의미를 깊이 파고들고 싶을 땐 그 단어의 반의어를 활용하면 된다. 냉정의 반의어, 열정.

냉정과 열정을 함께 두고 보니 그 이해가 좀 더 쉬워졌다. 냉정과 열정을 다른 말로 바꾸면 결국 '이성'과 '감성'이었고, 이성적인 인간도 있고 감성적인 인간도 있다는 사실을 연이어 떠올리게 되었으니…… 그랬다! 나는 틀린 게 아니었다! 굳이 냉정함을 갖추고자 노력할 필요가 없음을, 비로소, 깨달은 것이다!

나의 과잉 감정으로 인해 피해를 보는 이들이 생긴다면 그것은 늘 고치려 애써야겠으나 감성적이므로 난, 위로나 공감을 잘하는 편이다. 소중한 누군가가 어떤 문제를 겪고 있을 때 문제의 해결책을 제시해주긴 힘이 들진 몰라도 난, 그들의 편에 서서 함께 싸워줄 힘은 넘치게 가지고 있다. 조금씩 잘못된 부분을 고쳐나가면 그뿐, 굳이 오이가 되려 애쓸 필요는 없었다. 다른 성향은 있어도 틀린 성향은 없다고나 할까? 세상엔 이런 사람도 있어야 하고 저런 사람도 있어야 한다. 그래야 서로가 서로의 부족함을 채워주며 온전히 하나가 되는 기적을 일으킬 수 있는 법이겠지.

물론 오이가 될 필요가 없음을 깨달았다고 하여 앞으로 오이를 멀리하거나 하진 않을 것이다. 오이의 냉정함은 -적어도 나에겐- 과한 열정을 식혀주기 딱 알맞으므로. 대신 냉정한 오이보단, 아낌없이 주는 나무가 되어 지구인 모두의 행복에 기여하고 싶다. 냉정함만 가득한 지구는 존속되지 못할 테니까. 어른이 있어야 아이도 있고, 여자가 있어야 남자도 있고, 문과가 있어야 이과도 있다. 그리고 열정이 있어야만, 냉정도 힘을 발휘할 것이다.

그나저나 참, 오이가 의외로 안주로 제격인 건 알고 있었어? 오늘 밤엔 사랑하는 이와 소박하게, 오이소박이 한 그릇에 냉정과 열정 사이를 오가고 싶다.

오이를 먹으면 떠오르는 말

오, 이런 게 사랑일까

3장. 위로의 레시피

짜장은, 희망이다

세상의 모든 색을 섞으면 결국 검정이 된다. 세상 모두를 품은 짜장이, 까만 이유다.

삶은 결국 희망이 있어 존재한다. 내일이라는 희망이 없다면, 우린 살아내지 못할 것이다. 그런데 다행스럽게도, 누구에게나 희망은 있다. 내일이란 시간은 반드시 주어지기 마련이니까. 심지어 회사에서 잘리고 애인에게 차이고 빚까지 지는 바람에 결국 한강에서 투신자살을 시도하지만, 우연인지 운명인지 한강 위 밤섬에 표류하여 목숨을 부지하게 된 김씨 아저씨에게도 그 희망은 있었다.

영화 <김씨 표류기>의 도입부 내용이다. 김씨는, 불과 얼마 전 죽음을 선택했던 그 김씨 아저씨는, 섬에서 짜파게티 봉지를 줍게 되고 갑자기 짜장면을 먹고 싶다는 강한 욕구에 휩싸인다. 그리고 아무것도 없는 섬 위에서 직접 짜장면 만들기를 시도한다. 면을 뽑기 위해 농작물까지 재배하는 김씨! 김씨 아저씨를 몰래 관찰하던 여자 김씨는 밤섬으로 짜장면을 배달시켜 주지만, 김씨 아저씨는 이를 돌려보낸다. 그리고 여자 김씨에게 메시지를 전한다. 짜장면은, 자기한테 희망이라고.

나에게도 좌절과 악몽으로 점철된 하루를 살던 때가 있었다. 이유도 없이 눈물이 주룩 흐르고 어둠이 두려워 이불 속에 움츠러들던 절망의 시간. 다행히 오래 걸리지는 않았다. 용기를 내 당당히 짜장면을 만들어 먹기로 마음먹었으니까! 아, 정확히는 짜장밥이다. 이상하게 짜장면은 소화가 잘 안 된다. 뭐, 무슨 상관인가. 짜장이면 만사 오케이지.

춘장이 필요하다. 춘장 브랜드 중 가장 잘 알려진 '진미춘장'을 주문했는데, 적잖이 당황할 수밖에 없었다. 혼자 먹기엔 양이 참 과했다. 아무리 희망을 위한 짜장이라지만, 일주일 내내 짜장만 먹을 순 없는 노릇인데……. 그렇다고 돌이킬 순 없었기에, 기름을 넉넉히 두르고 새까만 춘장을 한 봉지 가득 튀겼다. 뽀글뽀글 기포가 올라오는 모습이 보기에 참 좋았다. 그러는 동안 냉장고를 열어 이것저것 꺼내 썬다. 당시 냉장고엔 돼지고기 앞다릿살과 양파, 양배추만 있었는데 그거면 충분하다. 무슨 상관인가. 짜장이면 만사 오케이지. 역시 기름을 두르고 볶아주기 시작!

적당한 때에 튀겨 놓은 춘장 한 숟갈, 설탕과 굴소스를 갖은 재료와 함께 볶아주었다. 농도를 잡기 위한 전분물까지 풀어주면 이곳은 영락없는 상해루! 만리장성! 길림성! 짜장 분말로 만든 것과는 차원이 달랐다. 짜장이면 만사 오케이 아니냐고? 아니다. 진짜 짜장은 오직, 춘장으로 완성되는 것이었다.

각양각색의 직업군이 존재하는 이 지구에서, 나는 내가 가진 교사라는 직업을 굉장히 사랑하는 편이다. 물론 서른두 가지 정도 아쉬운 점이 있긴 하지만, 그래도 그것만 빼면 정말 완벽하다. 특히나 아이들의 존재가 그렇다. 하나하나 색과 모양이 다른 조각들이 모여 매년 새로운 삶을 완성해준다. 지루할 틈이 없다. 지루하긴 무슨, 십 년이 지났음에도 도통 적응이 안 된다!

다만 안타까운 건, 점점 아이들이 띠는 색이 탁해진다는 것이다. 오색찬란했던 그들의 세계에 대체 무슨 일이 생긴 걸까. 성적에 좌절하고, 대학에 운명을 거는가 하면, 우울증에 자퇴를 고민하는 이들이 자꾸만 늘어난다. 어쩌면 그들의 아픔이 나에게도 고스란히 전해져 나도 똑같이 아팠던 건 아닐까 하는 생각도 든다. 베르테르 효과마냥 나도 모르게 모방을 하고 있었는지도.

우리 반 녀석 하나를 데리고 중국집에서 저녁을 먹던 날이었다. 심리적 어려움을 겪느라 학교생활을 포기하고 싶어 하던 마음 여린 학생이었다. 녀석은 짜장면, 나는 소화가 안 될 것을 걱정하며 중국식 볶음밥을 주문했다. 그리고, 그간 본 적 없던 낯선 표정들을 보고 말았다. 정확하게는 한껏 밝아진 녀석과, 나를 노려보는 짜장의 매서운 눈초리를!

짜장은, 새까만 그 짜장은! 나의 우울을 제거함과 동시에 쓸데없는 기우마저 잠재워주었다. 짜장이 나를 다그쳤다. 탁한 색은 색이 아니냐고, 새까만 색은 그럼 죽은 색이냐고. 짜장의 이 소리 없는 아우성은 결국 '가끔 삶이 새까맣게 칠해지는 것이 나쁘지만은 않다'란 의미로 전해졌다. 덕분에 우린 새로운 도화지를 찾아 헤맬 수 있다는, 그런 후엔 새로운 색을 칠할 수가 있다는, 기존에 있던 색감보다 훨씬 다채로운 명작의 탄생을 기대할 수도 있다는, 결국 짜장은 희망을 알려주려던 것이었다!

나는 왜 주변인들에게 이렇게 말해주지 못했던 걸까. 성적이 떨어졌다고? 이제 그럼 올라갈 일만 남았네! 직장에서 잘렸다고? 더 좋은 직장으로 이직하면 되겠네! 와 같은 용기와 위로를 나는 왜 전해주지 못했던 걸까. 우리 반 그 녀석은 짜장면을 먹은 그날 이후 누구보다 알찬 하루하루를 보내다 결국 목표 대학에 합격했다.

혹시라도 당신의 하루에 어둠이 거대한 몸을 들이밀더라도 크게 걱정하지는 말자. 길한 일이 있으면 흉한 일도 있고, 재앙과 복은 번갈아서 오기 마련이니까. 눈물을 닦아내는 용기를 낸다면, 이불을 박차고 나올 수 있다면, 그리고 짜장을, 춘장을 튀겨 직접 볶아 만드는 그 짜장을 먹을 수만 있다면 당신의 내일은 언제나처럼 하얀 도화지가 되어 당신 앞에 훤히 펼쳐질 테니까.

짜증날 땐 짜장면
우울할 땐 짜장면
복잡할 땐 짜장면
탕탕탕탕 짜장면!

브런치의 낭만, 과카몰레 샌드위치

모든 순간이 위로라는 걸, 낭만은 어디에나 숨어 있단 걸.

여전히 부끄럽고 창피하다. 브런치가 'breakfast'와 'lunch'가 결합한 단어라는 걸, 나는 몰랐다. 점심 먹기 전 가볍게 간식 삼아 반드시 '빵'을 먹어야 하는 것으로 오해했던 것. 그래서 브런치가 'bread'와 'lunch'의 혼성어라고 생각했었다. 아뿔싸! 브런치는 빵식이 아니라, 아점이었다!

내겐 브런치가 꿈이었던 적이 있다. 직장인이라면 매한가지일 듯하다. 그들에게 아침의 여유는 사치이기에 쉽사리 경험하기 힘든 꿈이었다. 그래서일까? 오전 10시 즈음 느지막이 일어나 감지 않은 머리가 헝클어진 채로 커피 한잔과 '빵'을 먹는 하루의 시작. 이 장면은 언제나 내겐 -상상 속에서만 존재하는- 우아함과 낭만이었다. 성공한 사업가? 유명 연예인? 나도 모르게 그들이 닮고 싶었었나 보다. 한 끼 따라 한다고 뭐가 바뀌겠냐마는, 아니 말 그대로 한 끼 식사인 데 뭐. 한 끼 정도는 괜찮잖아!

꿈은 생각보다 아주 쉽게 이루어졌다. 수능 다음날이었나, 징검다리 연휴 사이에 낀 평일이었나, 여하튼 교사에겐 '학교장 재량 휴업일'이라는 소중한 선물이 있기에 그날이 다가오기 며칠 전부터 브런치의 꿈을 위한 준비를 했다. 그런데 잠깐만, 주말도 있고, 방학도 있잖아?

프렌치토스트처럼 간단한 음식도 괜찮겠으나 기왕이면 맛과 영양을 고루 잡는 메뉴를 원했고, 그렇게 선택된 것이 과카몰레 샌드위치. 재료도 간단하다. 아보카도와 토마토, 양파와 올리브오일, 거기에 적당한 레몬즙과 소금, 후추면 완성. 조리법도 간단하다. 앞서 언급한 재료들을 다지고 다져 한꺼번에 섞어주면 끝. 그런데 시작부터 삐걱대긴 했다. 과카몰레의 주재료인 아보카도는 어느 정도 숙성이 되어야 떫은맛이 사라지고 부드러워지는데 인터넷으로 주문한 녀석들은 숙성은 무슨 숙성 근처에도 못 간 아주 시퍼런 색이었다. 제대로 숙성된 아보카도는 살짝 검은빛을 띠는데 말이다. '나 익으려면 한참 멀었어요'라며 녀석은 날 놀려 댔다. 이 짜식이, 까불어? 아보카도를 빠르게 숙성하는 방법을 나는 알고 있다고! 뜨거운 열기에 너 한번 당해봐라, 하는 심정으로 전자레인지에 넣고 30초간 돌려주었는데 이럴 수가. 아무 생각 없이 맨손으로 만졌다가 손가락 피부가 벗겨지고 말았다. 잠깐 돌렸는데 이 정도로 뜨겁다고? 지방이 많이 함유된 과일이라 그런 건가. 어쨌든 시시한 결투는 혈전이 되었고 지는 쪽은 나였다. 이렇게 패배할 줄이야. 분했지만, 패자는 더는 말이 없어야 하는 법. 브런치나 먹어보자고!

　식빵에 과카몰레를 양껏 올려 샌드위치를 만들고, 드라마에서 나 보던 상상 속 장면을 연출하기 시작했다. 예쁜 도마 위에 올린 플레이팅, 그리고 커피 머신으로 내린 아메리카노 한 잔. 경고! 손으로 들고 우걱우걱 먹으면 안 된다. 반드시 포크와 나이프를 이용할 것. 기왕이면 냅킨과 산뜻한 음악도 준비해보자.
　이 모습을 쓸데없는 허세라며 아보카도가 다시 날 놀렸을지도 모르지만, 분명히 말한다. 그때 그 순간엔 정말이지, 낭만이 가득

했다. 머리를 안 감았다는 사실 말고는 상상 속 장면과 유사한 점은 없긴 했지만 말이다.

"신문에서 작금을 낭만의 시대라고 하더이다. 그럴지도.
개화한 이들이 즐긴다는 가배, 불란서 양장, 각국의 박래품들.
나 역시 다르지 않소.
단지 나의 낭만은 독일제 총구 안에 있을 뿐이오."

<미스터 선샤인>의 주인공 고애신의 대사. 다시 보아도 심금을 울리는 명장면이 아닐 수 없다. 그리고 지금, 나는 당신에게 묻는다.

"그대에게 작금은, 낭만의 시대인가?"

당신의 답이 어떠할지 모르겠으나 어찌 되었든 지구인은 반드시 낭만을 추구하며 살아야 한다. 그것이 더 나은 삶을 향해 나아가는 방법이라고, 나는 믿는다. 그리하여 나의 우주에는 언제나 낭만이 가득하고 그래서 내게 작금은, 낭만의 시대이다.
비행기를 타고 지중해 어느 해변에 누워 콧노래를 흥얼거린다거나 모히또에 가서 몰디브 한잔을 시원하게 들이켜는 것만이 낭만인 건 아니다. 늦잠을 자고 일어나 여유롭게 즐기는 브런치, 휴대폰 메시지에 담아 전하는 다정한 인사, 사랑하는 이와의 만남을 기다리며 설레는 시간 모두 낭만이자, 아름답고 찬란한 나의 삶이다.

화려함을 좇느라 삶을 낭비하고 있다면, 이번 주말 과카몰레 샌드위치를 브런치로 즐겨보길. 예쁜 플레이팅과 커피 한잔, 냅킨과 산뜻한 음악이 함께하는 당신의 '아점'은 아마 귀하고 품격있는 낭만으로 가득할 테니까.

경고! 머리 감기 금지! 손으로 들고 우걱우걱 금지!

엄마 몰래 아빠 몰래

과카몰레 먹어볼래?

지구 최강 얼굴 천재,
감자로 만든 감자채전

감자는 밝고 환하다. 그렇게 보려 하면 그렇게도 보인다.

나는 감자가 정말 싫었다. 소금이나 설탕이 없으면 완전 맹탕이 랄까? 스스로 맛을 내지 못하는 쓸모없는 식재료라 생각해왔다. 게다가, 감자는 너무 못생겼다! 쉽사리 손이 가질 않았다.

외모는 살면서 중요한 요소가 아니라는 입에 발린 소리는 하고 싶지 않다. 누군가를 바라볼 때 외모도 충분히 평가 요소가 될 수 있지 않을까? 사람마다 판단의 기준은 다른 법일 테니. 나도 분명 상대의 외모를 본다. 그게, 일단은 보기 싫어도 볼 수밖에 없다.

"이성을 볼 때 어딜 먼저 보는 편이야?"
"그거야 당연히 얼굴? 누군지는 확인해야 할 것 아냐!"

그런데, 외모가 '전부'라는 인식은 분명 잘못된 것이다. '스스로 를 못생겼다고 말하는 개그맨들'이 약속이라도 한 듯 미모의 여 성과 결혼을 한다는 건 사회적으로 잘 알려진 사실인데, 외모가 전부였다면 그들 모두 사랑을 포기하고 살았어야 한다. 결국 사 랑은, 외모를 뚫고 내면에서 솟아난 지구인의 됨됨이, 진심, 이런 것들로 완성되는 게 아닐까. 그리고 알고 보면 외모라는 것은 '얼 굴 생김새'를 넘어 그 사람의 분위기, 패션 감각, 몸매 등 다양한 요소가 결합한 것이므로 충분히 노력으로 극복 가능한 부분이기 도 하다.

게다가 사랑에 빠지면, 그 상대가 세상에서 젤 예쁘고 멋져 보 인다. 일단 콩깍지가 씌면 실제 객관적 외모 수준은 판단이 불가 능해진달까. 다들 한 번씩은 경험해봤을 것이다. 반대로, 누가 봐도 잘생기고 아름다운 존재임에도 막상 내 연인이 된다는 가정을 하면 의외로 몸서리치게 싫기도 했을걸? (아, 아닌가.)

그러니 혹시나 자신이 못생겼다고 생각하며 좌절하고 있다면, 외모와 사랑받는 것은 별개라는 사실을 기억해줬으면 한다. 다행히 나는 이것을 확실히 깨달았고 그리하여 이제, 감자가 얼마나 아름다운지 잘 알고 있다. 그 깨달음은 다름 아닌 바삭하고 고소한 감자채전을 부쳐 먹은 뒤부터 시작되었다.

감자 껍질을 벗기는 용도로 만들어진 심지어 이름조차 '감자칼'인 그 필러를 이용해 못생긴 감자의 허물을 벗겨낸다. 그러고 나면 숨어 있던 매끈하고 뽀얀 살결이 드러날 것이다. 다음 단계에선 새로운 도구, 채칼을 이용해 팔뚝이 끊어져라 감자를 쥐고 위아래로 비벼준다. 비벼준다는 표현이 정확한지는 모르겠으나 왠지 어울리는 느낌이다. 비벼주면 알아서 썰리는 채칼의 위대함! 인간의 역사는 도구의 발전과 그 궤를 함께한다고 해도 과언이 아닐 듯하다. 언젠간 감자를 넣고 버튼 하나만 누르면 알아서 뚝딱 감자채전이 완성되어 식탁 위에 차려지는 시대도 오겠지? 그때에도 난 요리를 하고 있을까?

여하튼 이제 소금 한 꼬집과 밀가루 반 컵을 넣고 감자채들을 버무려 준다. 사실 감자 자체에 전분이 있어서 딱히 다른 가루를 사용하지 않아도 되고, 밀가루 대신 부침가루나 전분 가루를 넣는 경우도 있다고 한다. 이제부턴 정말 쉽다. 프라이팬에 감자채를 얇게 펴고 식용유를 넉넉히 부어준 다음 노릇하게 튀기듯 부쳐주는 것이다. 혹시나 더 예쁜 색감이 나오지 않을까 하여 달걀한 알을 풀어 같이 구워주었는데, 비주얼 장인 블로거분들은 따로 프라이를 하여 채전 위에 올려주는 방식을 많이 사용하고 있었다. 아, 아예 치즈를 왕창 올리는 것도 시도하고 싶은 방법이다. 맥주 안주로 딱이지 않을까?

나는 이제 -콩깍지가 씌었는지- 감자가 참 좋다. 특유의 진한 고소함을 간직하고 있으며 짠맛, 단맛, 신맛, 심지어 매운맛까지 여러 가지 맛과 다 잘 어우러지는 장점마저 지녔다. 특히 튀기고 찌고 굽는 어떤 방식도 다 받아들이는 포용력까지 갖추고 있어 감자 요리는 지구인 누구나 쉽게 즐기는 편이다. 프랑스의 프렌치 프라이, 미국의 매쉬드 포테이토, 이탈리아의 뇨끼, 그리고 강원도의 감자옹심이까지! 그러고 보니 감자의 매력은 그간 나만 모르고 있었구나? 나만 못생겼다며 괜한 선입견으로 감자를 멀리하고 있던 거구나?

당신이 혹시라도 지금 당신의 외모에 불만족스럽다면, 당신이 가진 다양한 매력을 뽐내기 위해 애써보는 건 어떨까? 이 지구에 태어난 어떤 생명체도 다 사랑받을 자격이 있고 그럴 능력이 있으므로, 당신 역시 그러할 것이다. 콩깍지에 단단히 씐 누군가가 당신을 예뻐해 줄 테니 외모 걱정은 아주 잠시, 잠시면 충분해!
그리고 반대로 나태주 시인께서 감자, 아니 <풀꽃>이란 시를 통해 말씀하셨듯 -세상 모든 것들을 바라볼 때 나와는 달리- 좀 더 자세히 보고, 오래 보았으면 좋겠다. 선입견에서 벗어날 수 있다면 당신을 둘러싼 세상은 온통 아름다운 것들로 가득할 테니까.

Next time에 요리해요~

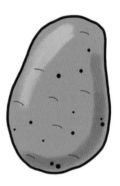

I am 감자에요~

신이 내린 선물, 바질 페스토

막연한 믿음이 때론 우릴 힘껏 버티게 해주기도 하니까.

힌두교 신화에는 정말 많은 신들이 등장하지만, 그중 세상을 창조하는 신 브라흐마, 세상을 유지하는 신 비슈누, 그리고 세상을 파괴하는 신 시바, 이렇게 세 신이 가장 중요한 존재로 여겨진다. 그런데 조금 독특하게도 세상을 유지하는 역할을 맡고 있던 비슈누가 만물 창조에 개입한 적이 있었으니, '우유의 바다 휘젓기'라는 인도의 창조 신화이다.

태초에 선한 신 '데바'와 악한 신 '아수라'라는 집단은 지속적인 전쟁을 벌여오고 있었다. 그런데 어느 날 데바들의 우두머리인 '인드라'가 성인 중 한 명인 '두루바사스'를 우연히 만났는데, 인드라가 실수로 두루바사스가 전한 꽃다발을 땅에 떨어뜨리고 말았다. 게다가 인드라가 타고 있던 코끼리가 꽃다발을 짓밟기까지 하여 순간 화가 난 두루바사스는 인드라에게 저주를 걸어버린다.

"내 성의를 무시하다니! 당신과 당신을 따르는 모든 신들은 힘을 잃게 될 것이오!"

그의 저주가 통했는지 데바는 자꾸만 아수라에게 패배를 거듭했다. 인드라를 비롯한 데바들은 문제를 해결하기 위해 위대한 신 비슈누를 찾아간다. 비슈누는,

"우유의 바다를 휘저으면 암리타를 얻을 수 있다. 그걸 마시면 불로장생의 힘을 얻을 것이다."

라고 말했다. 역설적이게도, 데바들끼리만 우유의 바다를 휘젓기엔 무리가 있었으므로 그들의 적인 아수라와 힘을 합쳐 -공평하게 나누어 마시자는 약속을 하고선- 암리타를 얻기 위한 휘젓기에 돌입한다. 휘젓기는 무려 천 년 동안이나 이어졌는데, 신들의 의사로 알려진 '단반타리'가 암리타를 들고 나타나자마자 데바와 아수라는 -역시나- 동맹을 파기하고 암리타를 독차지하기 위한 싸움을 벌였다. 그 싸움의 승리는 아수라의 몫이었는데, 그때 비슈누는 아름다운 여인 모히니로 변신하여 아수라를 유혹한 뒤 암리타를 빼앗아 다시 선한 신들에게 나눠주었다.

우유의 바다를 휘젓는 천년의 세월 동안 바다에선 수많은 새로운 존재들이 탄생하였는데, 그중 하나가 비슈누의 부인이자 부와 행운의 여신 '락슈미'이다. 락슈미와 관련한 여러 전설과 일화들이 있지만, 여기서 언급하고자 하는 것은 '바질'과 관련한 부분이다. 락슈미가 지상에서의 육체를 버리고 천상계로 승천할 때 그녀의 육체가 부패하여 간다크강이 되었고 그녀의 머리카락은, 바질이 되었다고 한다. 그래서 인도에서는 60가지 바질의 품종 중 하나인 '홀리 바질'을 성스러운 약용 식물로 아주 귀하게 여기고 있다. 바질은 면역력과 눈 건강 증진, 피부 노화 방지, 심신 안정화, 골밀도 강화 등의 효능도 지니고 있다고 하니 그야말로 신이 인간 세상을 떠나며 남기고 간 축복 가득한 선물이지 않은가! 참 멀리 돌아오긴 했지만, 결국 바질에 관한 이야기를 하고 싶었다. 바질이 가진, 위대함에 관하여!

인도뿐 아니라 세계 여러 나라에서 신성하고 건강한 재료로 큰 인기를 끌고 있는 바질은 역시나 페스토로 만들어 먹는 게 제맛이다.

　페스토는 원래 '빻다'라는 말에서 기원했으므로 정통 페스토는 절구에 재료를 넣고 직접 빻아주어야 하지만, 절구가 있을 리 없잖아? 대신 최첨단 머신, 블렌더에 넣고 갈면 아주 쉽게 뚝딱 완성된다. 바질 한 줌, 마늘 두 알, 올리브오일, 소금과 치즈 가루를 넣어주는데, 여기에 잣을 넣어주면 좋겠지만 잣은 상당히 비싼 재료이므로 대신 호두를 넣는 게 -우리 집에선- 대세이다. 물론 캐슈너트나 아몬드, 다른 견과류도 가능! 넣는 재료의 양은 기호에 따라 조절할 수 있을 듯하다. 나도 처음 만들어본 뒤부터 마늘은 한 알만 넣고 있다. 잠깐, 마늘을 덜 먹어서 아직 인간이 못된 건가? 여하튼 완성된 페스토는 색이 아주 고와 보고만 있어도 흐뭇해지며, 바질의 향긋함이 은은하게 피어올라 코끝을 건드리며 식욕을 돋우기도 한다.

　바질 페스토로 만든 음식엔 꼭 '바질 페스토'라는 표현이 앞에 덧붙는다. 바질 페스토 파스타, 바질 페스토 리소토, 바질 페스토 샌드위치 등등. 당신은 어처구니없다고 여길 수도 있지만, 개인적으로 바질 페스토는 밥에 크게 한 숟갈 넣어 같이 볶았을 때나 고추장 삼겹살 한 점에 듬뿍 얹어 먹을 때 가장 맛있다. 특히 삼겹살과는 쌉싸름하고 상큼한 맛이 어쩌면 그렇게 잘 어울리는지, 쌈 채소가 따로 필요 없을 정도다. 물론 이건 취향 차이니까 날 너무 이상하게 보지 말아줘! 혹시 알아? 바질 페스토 고추장 삼겹살이 유명 레스토랑 신메뉴로 등장하게 될지, 아무도 모르는 일이라니까?

　어디에 등장하든 늘 주연으로 빛나는 존재감이, 어디에나 잘 어울리고 쉽게 녹아드는 유연함이, 바질에게는 있다. 게다가 건강까지 선사하니 그야말로 축복이 아닐 수 없는 신의 선물, 바질.
　내 덕에 당신은 이제 바질 페스토를 곁들인 어떤 음식을 먹을 때마다 락슈미 여신의 축복을 느끼게 될 것이다. 아는 만큼 보이는 법이니까? 신이 내려준 축복은 세상 곳곳에 있고 우린 그걸 모를 뿐이다. 그래서 우린 더욱 치열하게 탐구하고 헤매야만 한다. 그렇게 하나둘 신의 선물을 찾아내다 보면 결국 당신의 삶은 삶 자체로 큰 축복임을 깨닫게 되겠지.

　다시 말하지만 신은 결코 우릴 버리지 않는다. 그러니 고통 따위에 좌절하지 말자. 우린 분명 축복받은 존재이며 결국, 승리하고야 말 테니까.

"날이 좀 추운 것 같지 않아?"

"그러니까 바질.. 입어..."

빼빼로는 먹는 게 아니다

누군가의 기쁨을 보기 위해 애쓰는 자신을 목격한다면

지구인 모두가 그렇게 챙기는 것인지는 잘 모르겠지만 우리나라엔 기념일이 참 많다. 상술인지 뭔지 하여간 매달 14일이면 어김없이 찾아오는 ○○데이는 물론 명절과 생일, 크리스마스, 핼러윈, 더불어 연인들의 경우 사귀기 시작한 날짜를 헤아려 100일, 200일 등 일정 기간이 지나면 그 날짜를 기념일로 삼는다. 또 스승의 날, 어린이날, 어버이날과 같은 달력에 표시되는 기념일도 있는데 이젠 심지어 11월 11일, 빼빼로 데이란 것도 생겼다. 거의 일 년 내내 거듭되는 축제의 연속이다.

워낙 기념일이 많다 보니 이때 어떤 선물을 받게 될까 기대하는 마음이 커지는 게 사실이다. SNS가 활성화되어 있는 요즘 시대엔 뽐내기 위한 수단으로 그 선물이 활용되기도 한다. 고급 레스토랑에서 찍은 사진이나 고가의 명품들을 보고 부러움을 드러내는 이들도 종종 보게 되는데 반대로, 선물을 하는 처지에선 비용이나 선물의 종류를 고민하는 데에 큰 어려움이 따른다. 어쩌다 선물이 '부담'이란 이름으로 변질되었는지 모르겠지만 여하튼 차라리 빼빼로 데이는 속 편한 날이 아닐 수 없다. 빼빼로 데이엔, 빼빼로를 선물하면 되니까!

그런데 이게 웬걸? 출근했더니 학교에서 학생들이 빼빼로 데이를 기념해 동네 편의점에서 구매한 그 빼빼로가 아닌, 직접 만든 수제 빼빼로를 선물로 내미는 게 아닌가. 심지어 포장지에 내 이름까지 써서 '빼빼로 돌려막기'를 차단하는 치밀함까지 보여주었다. 빼빼로와 그다지 친밀함이 없는 나로선 받으면 매우 흡족해할 다른 누군가에게 전해주려 했으나 어쩔 수 없이 '관상용'으로 간직해야만 했다. 그런데 솔직히 이름까지 적힌 빼빼로를 보고 있자니 나도 모르게 미소가 지어지는 건 사실이었으니……. 선물은, 그게 뭐가 되었든 받으면 기분이 좋은 법이다. 황금 빼빼로도 아니고 값비싼 고급 레스토랑 음식도 아니지만, 선물을 준비하며 낑낑댔을 아이들의 모습을 상상하니 기특하기도, 대견하기도, 고맙기도 했다. 그래서 그 마음을 더욱 잘 헤아리기 위하여 직접 빼빼로 만들기에 도전했으니!

인터넷에 검색하니 빼빼로 만들기 DIY 세트가 엄청난 스크롤의 압박을 선사했다. 처음이니까 쉬운 방법으로 시도하는 게 맞겠다고 생각하며 가장 저렴한 세트를 주문했는데, 그 구성이 아주 알차고 방법도 자세히 안내되어 있었다. 뭐야, 할만한데?

초콜릿을 중탕해서 녹이고, 스틱 과자를 초콜릿에 담그거나 혹은 고루 발라준다. 그리고 초콜릿이 굳기 전 겉에 야무지게 크런치나 견과류를 묻혀주면 끝. 진짜 끝이었다! 물론 잘 굳게 하려고 냉동실에 넣어두었다가 쟁반에 딱 달라 붙어버려서 떼는 도중 부러지는 녀석들이 적지 않게 있긴 했지만, 그래도 나름 성공이었다. 선물용 예쁜 포장지에 담아주는 센스까지 발휘하면 200% 만족 보장! 아, 정말 장사를 해야 하는 걸까. 제과점을 차려봐? 나도 모르게 괜한 자신감이 팍팍 뿜어져 나왔다.

빼빼로는 먹는 거지 주고받는 게 아니라는 말도 있던데, 직접 만들어보고 나니 빼빼로는 주고받는 게 맞다! 어차피 혼자 다 먹으면 살만 찌고 건강에도 안 좋을 테니, 사랑하는 이 혹은 주변인들에게 마음을 담아 선물해보면 어떨까? 조리 과정이 어렵지 않고 재료 준비도 간편하지만, 받는 이들은 그런 걸 따지지 않을 것이다. 그저 상대의 깊은 마음을 헤아리고 정성 어린 선물에 감사할뿐, 왜 먹지도 않을 걸 줬냐며 따지고 드는 이는 없을 게 분명하다.

혹시나 상대가 전해준 선물에 실망한 적이 있다면, 나는 얼마다 상대에게 베풀었는지를 헤아려보자. 여기서 주의할 점은, 그 베풂이 가격 측면에만 머물러선 안 된다는 점이다. 사랑이란 가치가 돈으로 측정되는 건 결코 아닐 테니까. 아니 그리고, 상대보다 더 주면 안 돼? 꼭 그렇게 비율이나 가격을 따져가면서 사랑하면, 그게 사랑이야?

모든 것을 주는 그런 사랑을 해봐
받으려고만 하는 그런 사랑 말고
너도 알고 있잖아 끝이 없는걸
서로 참아야만 하는걸
사랑을 할 거야
사랑을 할 거야
아무도 모르게 너만을 위하여
나를 지켜봐 줘 나를 지켜봐 줘
아무도 모르는 사랑을

-녹색지대, <사랑을 할 거야> 중

매일매일 특별하게 살아가면 얼마나 좋을까. 다만 그런 날들이 누군가로부터 사랑받는 날, 혹은 사랑을 확인하는 날이 아니라 누군가에게 사랑을 전하고 사랑을 확인시켜 주는 날이 되었으면 좋겠다. 받으려고만 하는 사랑은 사랑이 아니다. 위로받기보다는 위로하고, 이해받기보다는 이해하며, 사랑받기보다는 사랑하며 사는 삶이 우리의 삶을 더 풍요롭게 만들 것이라고, 나는 분명 확신한다.

사실 짧은 문자 메시지 속 한 문장으로도 지구인들은 누구나 충분히 위로받을 수 있고 반대로 위로를 전할 수도 있으니 우리 모두 따스한 한 마디부터 실천해보면 어떨까?

"당신은 지금 정말 잘하고 있어. 그리고 항상 고마워!"

빼빼로다

오다 주웠다

미역국을 끓이는 생일날 아침

극한의 어둠 속에 헤매일 때도 늘 출구를 발견할 수 있던 이유는

참 희한하게도 나와 동생, 그리고 어머니 모두 한 달에 태어났다. 동생은 11월 16일, 나는 24일, 그리고 어머니는 음력 10월 9일 생이시다. 그러다 보니 열흘 새에 세 사람의 생일이 모두 모이는 경우도 생기곤 한다. 이럴 땐 그냥 한 방에 세 사람 생일을 몰아서 축하하기도 했다.

언제부터인지는 확실하지 않지만 나이가 들어가면서 생일의 의미는 축하받는 날이라기보단 한 살 더 먹어야 하는 안타까운 날로 여겨지곤 했다. 하필이면 내 생일은 추운 계절이어서, 이날이 오면 한 해를 잘 마무리하라는 누군가의 메시지로 여겨지기도 하고…… 또 한 해가 가는 건가 씁쓸하기도 하고……. 어릴 때야 생일이 오길 기다리며 올해는 어떤 선물을 받게 될까 기대하기도 했지만, 이젠 괜히 생일임을 알리는 것도 부담스럽고 민망하다. 카카오톡 프로필에서도 생일을 감춰놓은 지 오래다. 그런데 지구인들은 알고 있을까? 사실 생일은 태어난 이를 축하하는 날이 아니란 것을.

미역국은 -간단히 만든다고 마음먹으면- 그리 어려운 음식은 아니다. 마른미역 한 줌을 물에 불려놓고, 불린 미역은 참기름에 버무려 볶아주거나 아예 참기름을 팬에 두르고 곧바로 미역을 볶아주는 방법도 있다. 조개나 관자, 소고기를 먼저 볶아주기도 하는데, 그건 취향에 따라 다를 듯하다. 여하튼 그렇게 미역을 볶다가 물을 부어주고 소금이나 간장, 간 마늘을 넣어 간을 맞춰주면 된다. 그런데 사실 본인이 끓인 미역국은 맛이 없다. 미역국은, 어머니가 끓여준 게 제일 맛있다. 장담하건대 그 아무리 유명한 한식 장인이 온다 한들 우리 어머니 손맛은 절대 따라오지 못할 것이다.

직장이 생기고 부모님의 울타리를 벗어난 뒤, 어머니 생신을 축하드리고 다시 집으로 돌아가려는 때마다 어머니는 내게 작은 밀폐용기를 건네주곤 하셨다. 매년 한 번도 거르지 않고 챙겨주는 그 용기엔, 얼린 미역국이 들어 있었다. 전복 껍데기를 넣어 오래 끓인 육수에 소고기도 야무지게 듬뿍 넣어 정성껏 만든 미역국은 -심지어 얼려놓았음에도- 세상 그 어느 음식보다 따뜻하고, 포근했다. 생일 아침을 여는 첫 끼니가 미역국이 될 수 있다는 사실만으로도 나는 참 행복한 사람이구나, 하고 느낄 수 있었고 게다가 맛도, 아주 일품이었다. 어딜 가서 이런 최고급 미역국을 맛볼 수 있겠는가. 그저 감사하고, 죄송한 마음이 들 뿐이다.

우리나라에선 예로부터 출산한 산모에게 꼭 뜨끈한 미역국을 먹였다. 아무래도 출산 과정에서 피를 많이 흘렸을 테니 칼슘과 아이오딘이 많은 미역은 혈액순환에도 큰 도움이 되었을 것이다. 피를 맑게 하는 것은 물론 모유도 잘 나오게 하는 질 좋은 미역이 전국 곳곳에서 채취가 되니 미역국은 우리나라의 전통적인 산후조리 음식이 되었을 수밖에 없었을 것 같다. 그래서 생일날 미역국을 먹는 이유로 '낳아주신 어머니 은혜에 감사하라'라는 의미도 생겨난 게 아닐까. 물론 이에 대해 반론을 제기하는 이들도 있다. 어느 유명 음식문화 평론가는 아무리 동방예의지국이라도 본인 생일날 축하 대신 효도를 강조하기 위해 미역국을 먹는다는 해석은 받아들이기 어렵다며 이에 대해 강한 반박의 어조를 보이기도 했다. 그런데, 그러면 안 되나? 그냥 감사하는 마음을 가지면 안 되는 건가?

생각해 보면 부모님께 감사하는 마음을 갖는 날이 일 년 중 며칠이나 될까 싶기도 하다. 어버이날이 있기는 하나 요상한 사회적 분위기가 감사의 마음보다 부담을 강조하기 시작했다. 어떤 선물을 드려야 하고, 금액은 어때야 하고, 그러면서 부모의 위치에 있는 이들끼리 비교 경쟁이 붙기도 한다. 이런 못된 감정들로부터 벗어나 오롯이 감사로만 하루를 채우기엔 생일, 내가 태어난 날이 딱이다. 생일이 겹치는 이가 아니고서야 내가 왜 부모님께 감사하는지 남들은 관심도 없을 테니, 이날만 한 날도 없다.

누가 뭐래도, 생일은 태어난 이를 축하하는 날이 아니다. 낳아준 이에게 감사하며 더 나은 삶을 영위하여 그들에게 보답하리라 마음먹고, 그 마음 그대로 실천하는 날이어야만 한다. 그냥 이건 적어도 나에겐 늘 그랬으면 좋겠다. 그래서 이 글에서의 당신은 오직, 어머니뿐이다.

당신을 진심으로 사랑합니다. 그리고 늘, 감사합니다.

낳아주셔서

감사합니다

세상 모든 쩌리들에게,
상추 겉절이가

나를 위한 최후의 처방전은 결국 내가 쥔 펜으로 쓰일 것이다.

쩌리란 말이다,

중심이 되지 못하고 주변을 맴도는, 비중이 작고 보잘것없는 사람을 속되게 이르는 말이다. 그러니까 쉽게 말하면 들러리? 누군가를 주인공으로 만들어주는, 무대 가장자리에 서 있는 존재감 없는 그런 흔한 지구인들을 우린 '쩌리'라고 부른다. 그리고 나는, 평생 그렇게 쩌리로 살아왔다.

초등학교 6학년 때, 그래도 나름 달리기가 빠른 편이어서 난 당당히 우리 팀 마지막 주자를 맡았다. 바로 전 주자가 가장 먼저 내게 바통을 넘겼고 아주 여유롭게 레이스를 펼칠 수 있었다. 아무런 문제도 없었다. 그대로 결승선을 통과하기만 하면 모든 카메라 플래시는 날 위해 번쩍일 수 있었다. 그런데, 아주 보기 좋게 역전당했다. 우리 학교에서 가장 달리기가 빨랐던 영광이란 친구는 꽤 거리 차이가 났음에도 기어코 결승선이 눈에 막 들어오던 그때, 아주 화려하게 나를 추월해냈다. 그날의 주인공은, 영광이었다. 분명히 기억한다. 그날 이후 나의 삶은 쩌리 그 자체였음을.

시골에 있으면 그 정도 수준밖에 안 된다는 일념 아래 어머니는 나를 시내 중학교로 진학시키셨지만, 사실 그곳에서 난 더더욱 쩌리로 전락해버렸다. 그곳에서 만난 도시 놈들은 나와는 수준 자체가 달랐다. 말다툼 자체가 성립되지 않을 정도로 말빨이 기가 막혔고, 키도 엄청 큰데다가 실제 싸움도 훨씬 잘했다. 걸핏하면 패배감에 휩싸여 좌절을 겪어야 했다. 그리고 2년 뒤 하필이면 더 큰 대도시, 그러니까 서울 하고도 여의도에 있는 중학교로 전학을 가게 되면서 나의 '쩌리력'은 더욱 강력해지고 말았다. 일찍부터 조기 교육을 받은 대도시 놈들은 학습 능력이 전국구 수준이었으며 게다가 절대 싸구려 운동화는 신지 않는, 가사 도우미가 딸린 집에 사는 부자 놈들이기도 했다. 꿀리지 말라고 아버지가 신풍 시장에서 사주신 프로스펙스 운동화와 짝퉁 아디다스 체육복은 놈들의 비웃음거리가 되기도 했다.

그런데 말이다,

나는 그 쩌리로서의 삶을 살며 한 번도 저버린 적이 없다. 무엇을? 세상의 중심이 되겠단 포부를 말이다! 그리고 그건, 내가 쩌리였기에 가능한 다짐이었다. 처절하게 짓밟히고 괄시받으며 살아왔기에, 그래서 쓰러질지언정 무릎은 꿇지 않았던 거다. 그때 영광이에게 역전당하지 않았으면, 시골에서 그냥 그대로 학교를 진학했으면, 대도시 서울로 전학을 가지 않았으면, 용 꼬리 대신 뱀 머리가 될 수 있었을지 몰라도 아마 난 잘돼봤자 뱀이었을 테지. 그저 그런 삶에 만족하며 그렇게 하찮은 늙음을 맞이했겠지.

그래서 말이다,

잊지 않기 위하여, 종종 상추 겉절이를 만들어 먹는다. 간장, 고춧가루, 설탕, 참기름, 깨소금, 다진 마늘, 식초로 양념장을 만들어

깨끗이 씻은 상추에 조물조물 버무리면 아주 쉽게 완성되는 그, 상추 겉절이를!

우리나라에서 겉절이는 메인 음식에 곁들여 먹는 반찬 개념으로 알려져 있다. 그래서 겉절이에 가격을 매겨 파는 식당은 없다. 밥이나 고기반찬과 함께 먹으면 아주 일품이지만, 다른 음식 없이 오직 겉절이만 먹는 일은 아무래도 없을 테니까. 괜히 '쩌리'라는 말이 겉절이에서 비롯된 게 아니다.

그렇다고 이 겉절이처럼 쩌리로서 살고 있다고 하여 당장 우리 삶에서 문제 될 것은 아무것도 없다. 세월이 흘러 머리가 희끗희끗해져도 여전히 쩌리의 삶을 살고 있을지 모르겠지만 그럼에도, 그것조차 문제가 되지 않는다. 그때 어떤 마음으로 순간을 살아내고 있는가, 세상의 가장자리가 아닌 중심을 바라볼 시야와 용기가 있는가, 상추 겉절이를 와그작와그작 씹어 먹으며 쩌리로서의 삶을 벗어나겠단 강한 의지를 다지고 있는가! 이것이 문제다.

욕망 따위를 논하자는 게 아니다. 우리 삶의 희망을 좇아 끊임없이 정진하자는 것이다. 그리고 절대 쩌리가 되는 것을 피하지 말자는 것이다. 쩌리가 되어야, 내 삶은 고작 쩌리라는 걸 깨달을 수 있고 쩌리가 아닌 삶을 꿈꿀 수가 있는 법이니까. 경쟁을 피해 도망치기만 하는 삶은 우리가 넓힐 수 있는 울타리에 한계를 가져다줄 테니까.

그러니 말이다,

　세상 모든 쩌리들에게 고하노니 쩌리로 살되, 영원한 쩌리가 되지는 말자. 거기서 포기해선 안 돼! 바다를 한 번도 보지 못한 자는 고작 웅덩이 조차 건너지 못하겠지만 우린 충분히 바다를 경험했고 이제 저 바다 끝에 놓인 새로운 대륙을 맞이할 용기를 갖추었다. 지금까지의 삶은 헛된 것이 아닐지니 나와, 손을 잡고 어서, 더 큰 미래를 향해 나아가자! 쩌리들이여, 세상의 중심이 되자!

미워!

나 상쳐추받아쑤...

몸에 좋은 라면도 있을까?

때론 나를 억압하는 가장 강한 세력이 나일 때가 있다.

물 500mL를 끓인 후, 면과 분말 스프, 플레이크를 넣고 4분 30초간 더 끓인다. 불을 끈 후 후첨 양념분말을 넣어 잘 저어 준다. 그리고 맛있게 먹어준다. 이는 꽤 인기 있는 '신라면 블랙' 라면 봉지 뒤에 적힌 기본 레시피이다. 물론 이 과정에서 면을 공기에 마찰시켜 더 쫄깃하게 만들어준다든가, 잘게 썬 대파와 날달걀을 넣어주는 개인 취향에 따른 추가 레시피도 가능하긴 하겠다.

라면은 원래 몸에 좋지 않다. 동물성 기름에 튀긴 면과 과다한 염분에 탄수화물까지. 심지어 컵라면 용기엔 환경호르몬 유발 물질도 있다고 한다. 그걸, 모르는 게 아니다. 알지만, 그래도 라면은 쉽사리 포기하기 힘든 음식이다. 세상에서 가장 쉬운 방법으로 당신을 위로해주기에, 라면은 알고 보면 몸에 좋은 음식이기도 하다.

지구인들은, 정확히는 술을 좋아하는 지구인들은 각자 나름의 해장 방법을 가지고 있다. 우리나라에선 짬뽕, 콩나물국, -심지어 이름도- 해장국 따위로 속을 달래주는 사람이 있는가 하면 독특하게 햄버거나 피자, 짜장면 같은 기름진 음식으로 해장을 시도하는 이들도 있다. 세계로 시야를 넓혀보면 굉장히 낯설고 기상천외한 음식들이 소개된다. 일본은 우메보시, 중국은 녹차, 그리스는 버터, 이탈리아는 에스프레소, 몽골은 삭힌 양 눈알을 넣은 토마토 주스로 해장을 하는가 하면 푸에르토리코에서는 겨드랑이에 레몬즙을 바르기도 한단다. 레몬즙 바르기는 정말 궁금한 방법이지만 그다지 시도해보고 싶지는 않다. 누군가 시도해보고 알려줬으면……. 그나저나 나에겐, 최고의 해장음식은 단연 라면이었다. 컵라면을 박스째 쟁여놓고 술을 마신 다음 날 아침, 어김없이 해장라면을 끓여 먹곤 했다. 그렇게 한 그릇 뚝딱하고 나면 약속이라도 한 듯 몸엔 생기가 돌았다. 절대 포기할 수 없는 루틴과도 같았달까.

언젠가 수업 시간, 그 전개 과정은 알 수 없으나 아이들에게 이런 질문을 받은 적이 있다.

"쌤, 어른들은 대체 술을 왜 마셔요?"

그야말로 호기심 가득한 질문이었다. 원래 아이들은 접해보지 못한 어른들의 세계에 대단한 환상을 지니고 있다.

"보통 사람들은, 기분 좋은 일이 있거나 슬픈 일이 있을 때 술을 마셔."
"쌤은요? 쌤도 그래요?"

잠시 정적이 흘렀다. 나도 궁금했다. 내가 왜 술을 마시는 건지. 그런데 그게 막 어렵고 복잡한 답을 요하는 것은 아니었기에 곧장 입 속의 검은 잎은 말을 뱉었다.

"난, 그냥 마셔."

그냥, 마셨다. 기뻐서도 마시고, 슬퍼서도 마시고, 날이 좋아서, 날이 좋지 않아서, 날이 적당해서 술을 마셨다. 그리고 늘 다음 날 아침, 어김없이 해장라면을 끓여 먹곤 했다. 그렇게 한 그릇 뚝딱 하고 나면 약속이라도 한 듯 몸엔 생기가 돌았다. 절대 포기할 수 없는 루틴과도 같았달까. 같았으나, 그 루틴은 이제 많이 달라졌다. 철이 든 부분이라 해도 될까? 그냥은 안 먹는다. 견디거나, 삶에 맞서 싸워야 할 때, 그리고 잘게 잘게 썰리지 않은 덩치 큰 불행이 한꺼번에 쏟아질 때, 어쩔 수 없이 술을 마신다. 마실 땐 잘 모르지만, 다음 날 아침 쓰린 속을 부여잡고 힘겹게 끓인 라면 한 젓가락을 입에 가져다 대면 분명 위로가 날 토닥거린다. 언제나 지척에 머물며 날 지지해주는 라면이, 있어서 참 다행이다.

이것이야말로 라면의 역설이 아닌가! 그냥 먹는 라면은 몸에 좋지 않지만, 아플 때 먹는 라면은 몸에 좋을 거라는. 당신은 아마 이 말을 비정상적이라고 할지도 모르겠다. 나도 조금은 그렇게 느껴지는 걸 보면 몸에 좋은 라면은, 이제 없어야만 한다.

비정상의 정상화를 위하여, 세상 모든 지구인들에게 몸과 마음에 모두 건강한, 그런 존재가 되고 싶다. 오늘 밤에도 별이 바람에 스치운다.

신메뉴를 소개합니다

우리의 하루가 지옥이'라면'

열무국수와 비, 웃음

관대함을 버리고 냉정해질 필요가 있다. 그래야, 내가 보인다.

간단하게 한 끼를 해결하고 싶을 때, 그런데 왠지 라면은 안 당길 때, 그럴 땐 열무국수만 한 게 없다. 물론 이것은 어머니표 열무김치가 있을 때 성립 가능한 레시피이긴 하지만.

소면을 삶는다. 소면 포장지 뒤에는 얼마나 삶아야 하는지 친절한 설명이 담겨 있으니 양과 시간을 잘 확인하길 바란다. 면이 익는 동안 양념장을 만들어야 한다. 자신의 MBTI가 J(판단형)라면 고품격 저울이나 계량스푼을 이용하면 되는데, 나처럼 P(인식형)인 이들에게 그것은 사치다. 고추장, 고춧가루, 간장, 다진 마늘, 식초, 설탕이나 물엿 따위를 적당히 종지에 담아 섞어주고 맛을 보면 된다. 혀에서 단맛을 요구하면 설탕을, 신맛을 요구하면 식초를 더 넣어주는, 뭐 그런 식이다. 그리고 어차피 우리에겐 열무김치가 있다!

다 삶아진 소면은 찬물에 벅벅 빨아준다. 헹구는 수준이어선 안 된다. 정말 빨래를 빨 듯 거칠게 소면을 다뤄 주어야만 쫄깃하고 탱탱한 식감을 얻을 수 있다. 그렇게 완성된 소면을 깔고, 양념장을 넣고, 열무김치를 썰어 넣은 다음, 열무 김치통을 기울여 김칫국물을 살짝 부어주면 당신이 머문 그 공간은 천국이라 불러도 손색이 없다. 이 음식의 핵심은 김칫국물이다. 무너진 균형을 맞춰주는 천사의 날갯짓이라고 해야 할까.

오죽 맛있었으면 마침 창을 두드리는 빗방울이 김칫국물이면 어떨까 하는 상상을 하기도 했다. 그랬다면 지구인 모두가 천국에서 살 텐데. 지구인들 모두 우산 없이 혀를 내밀고 하늘을 보며

걷게 될 텐데. 그런데 그때, 내 생각을 엿들기라도 했는지 어디선가 커다란 비웃음이 들려왔다. 그렇게 비에 대한 쓸모없는 단상이 시작되었다.

　비는 사실 빗방울의 무리이다. 성격까지 똑 닮은 대규모 집단이다. 내가 알기론 빗방울의 수를 정확히 헤아리는 과학자는 아직은 없다. 굳이 그러한 시도를 할 것 같지도 않다. 그런데 종종 문학을 하는 이들은 그 수치를 정확히 계산해내곤 한다. '빗방울의 개수만큼 널 사랑해'라고 외치는 걸 보면, 문학은 정말이지 힘이 세다. 여하튼 그 수는 실로 어마어마한 것인데, 동질감이 무척이나 강한 빗방울의 무리는 아무리 집단의 크기가 방대해도 절대 어긋남이 없다. 빗방울은, 동족을 절대 낙오시키지 않는다.
　이들의 삶은 화려하다. 아마 어미의 자궁을 떠나자마자 여미하게 펼쳐진 지구의 한 조각을 자신의 시야에 담아냈을 것이다. 어디서부터 어디까지였을까? 어떤 빛깔의 어우러짐을 볼 수 있었을까? 세계를 내려다볼 수 있다는 것, 이 얼마나 위대한 순간인가. 이것이 삶 속에서 당위적인 장면이 될 수 있다는 것 자체만으로 빗방울의 삶은 화려하지 않을 수 없다. 그뿐인가? 이들은 삶 자체를 즐길 줄 안다. 세상천지를 두드리며 축제를 열고 온갖 진동으로 세상을 울리곤 한다. 눈치를 본다거나, 제약이 있는 것도 아니다. 그저 마음 가는 대로 모든 것을 행한다. 빗방울은, 삶의 어떤 조각도 허투루 쓰는 법이 없다.
　빗방울의 행렬이 막을 내린 후 촉촉이 젖은 길가엔 삽상한 기운

이 가득해진다. 초점거리를 당겨보면, 몇몇 녀석들이 청청한 잎사귀에 누워 온갖 여유를 즐기고 있는 모습을 확인할 수 있다. 노자의 무위無爲가 실체를 지닌다면 아마 이러하지 않았을까. 자연의 일부로서 존재하는 작은 자연물이 자신의 모태를 관조할 수 있다는 사실이 때론 부럽기까지 하다. 아마도 일과를 마친 후에 품어낸 달콤한 휴식이자, 새롭게 시작될 하루를 준비하는 명상의 시간일 것이다. '휴식休息'의 한자어를 풀어보면, 쉴 휴休는 사람 인人과 나무 목木자가 합쳐진 것으로 나무에 기대어 있는 사람의 모습을 형상화한 것이다. 숨쉴 식息은 마음 심心 위에 스스로 자自가 올라간 형상인데, 이들을 다시 잘 버무리면 결국 휴식이란 말은 '스스로 마음을 쉬게 한다' 혹은 '나무에 기대어 호흡하며 쉰다' 정도로 이해할 수 있다. 진정한 휴식을 통해 마음까지 다스리는, 빗방울은 삶의 태도조차 경이롭다.

그런데 빗방울이 갖는 최고의 축복은 사실 따로 있다. 찰나에 불과해 보이는 그들의 생애는 알고 보면 무한히 순환한다는 점이다. 이들은 절대 소멸하지 않는다. 빛에 의해 소멸된 듯 보이지만 그것은 소멸이 아닌, 새로운 출발점을 찾으러 떠나는 여정의 시작이다. 그런데 그 순환은 늘 다른 양상으로 전개된다. 판으로 찍어낸 듯 동일한 장면만 반복되는 삶이라면 아마 지루함이 지겨워서 지칠 것이다. 반대로, 한 번도 경험해보지 못한 미지의 세계를 기다리는 삶은 기대감이 넘치는 기쁜 나날이지 않겠는가. 오늘 아침 내 손등에서 반짝였던 녀석이 내일은 포르투갈에 살고 있는 미구엘씨네 창가에 머물 수도 있고, 또 다음 날엔 콜롬비아 보고타의 볼리바르 광장에서 에스코바르라는 청년과 마주할지도 모른다. 직접적인 체험보다 더 위대한 경험이 어디 있겠는가. 그들이 가진 문화적인, 역사적인 식견은 말과 글의 힘을 빌려 삶의 이치를 깨달은 이들의 그것과는 절대 비교할 수 없을 것이다. 빗방울이 가진 축복의 삶은, 누구도 흉내 낼 수 없는 고귀한 것이다.

창가에 앉아 마지막 한 가닥까지 야무지게 열무국수를 들이켜고, 투명하게 물들어버린 바깥세상을 쳐다보고 있었다. 대낮임에도 어둑어둑해진 창 너머의 세계엔 이미 그들만의 축제가 시작되고 있었다. 어느덧 빗방울은 하나둘 창에 모여들었고 이들은 비웃는 양, 나를 지켜보고 있었다.

왜 그런 날 있잖아..

하늘에서 내리는 비가
김치국물이면 좋겠다 싶은..
그런 날..

나눌 거니까,
동그랑땡 말고 둥그렁땡!

위로는 강력한 역설로써 완성된다. 아마 태초부터 그러했을 것이다.

조금 이상했다. 재료는 달라도 크기는 똑같다. 유튜브든 블로그든 지구인들은 죄다 같은 크기의 동그랑땡을 만들어 낸다. 대체, 왜? 동그랑땡이 좀 뚱뚱하면 안 되는 걸까? 날이 쌀쌀해지면, 그래서 추위를 잊고 싶다면, 기왕 만들어 먹는 거 동그랑땡은 큼직큼직하게 만들기를 권해본다. 동그랑땡 말고, 둥그렁땡으로 말이다.

언제였더라. 쌀쌀한 계절의 어느 저녁, 씻고 나와 반팔 티셔츠를 입고 거울 앞에 서 있었는데 그런 내 모습이 굉장히 하찮게 여겨졌던 때가 있었다. 꼴 보기 싫었던 건 왜일까? 민망해서 얼른 밥상 차릴 준비를 하며 TV를 틀었고, 그렇게 준녕이를 만났다.

충북 단양 어느 산골 동네에 엄마와 단둘이 사는 준녕이가 아침 일찍 일어나 연탄을 갈고 있었다. 추위 같은 건 모르고 살던 베트남에서 온 엄마가 혼자 일 하는 걸 보는 게 안쓰러웠나 보다. 준녕이 아빠가 간경화로 세상을 떠난 후 두 사람은 살길이 더 막막해졌다고 했다. 허름한 벽돌집에서 추운 계절이 오면 내복을 두 겹씩 껴입고 이불을 세 겹씩 덮고 자도 어쩔 수 없이 추위에 벌벌 떨어야 하는 모자는 꼭 끌어안은 채 서로의 온기로 잔인한 계절을 이겨내고 있었다.

KBS <동행>이라는 프로그램이었고, 방송 끝엔 준녕이를 후원할 수 있는 방법이 자세하게 소개되었다. 그 순간! 내 시선은 저녁 상을 차리기 위해 늘어놓은 재료들로 향했다. 동그랑땡을 만들기 위한 갖가지 재료들, 그러니까 다진 돼지고기, 두부, 달걀, 다진 쪽파 따위가 아일랜드 식탁 위에 널브러져 있었다. 그리고 마치 무언가에 홀린 것처럼 있는 힘껏, 동그랑땡을 빚었다. 열심히 반죽을 치대고 동그랗게 모양을 잡아 주었다.

동그랑땡이 자꾸 뚱뚱해졌던 걸 보면, 어쩌면 그때 난 내 밥상이 아닌 준녕이의 밥상을 차렸었는지도 모르겠다. 그건 동그랑땡이 아니라 둥그렁땡이었는지도. 더 푸짐하고 든든한, 따스한 밥상을 직접 차려주고 싶은 마음이 어디서 솟아났는지 모르겠지만, 실제 그 온기를 전해줄 길은 없었지만, 그래도 왠지 그러고 싶었다.

결과적으로 정성껏 만든 둥그렁땡은 우걱우걱 내 배때기에 저장되고 말았다. 대신 조심스레 후원 방법을 다시 검색했다. 초록우산 어린이재단. 그리 어려운 일도 아니었다. 은행 계좌번호와 출금 날짜를 입력하고, 후원금액을 정하면 불과 몇 분 만에 후원은 마무리된다. 물론 목돈을 한꺼번에 전해주면 좋겠지만, 그러다 자칫 신용불량자가 되는 위기가 찾아올 수 있으므로 침착하게 정기 후원을 신청했다. 그리고 그렇게, 일 년여가 흘렀다. 종종 관련 홈페이지에 들어가 준녕이의 소식은 없을까 찾아보았는데, 많은 후원 덕분에 준녕이는 읍내에 있는 새집으로 이사할 수 있었고 새로운 학교에서 새 친구들을 사귀며 행복한 하루하루를 보내고 있다고 했다. 아직, 세상은 살만한 곳이었다.

사실 매년 새롭게 후원할 곳을 늘려가는 중이다. 다달이 은행 애플리케이션 알람 소리와 함께 돈이 빠져나가지만, 지출임에도 유일하게 기분이 나쁘지 않은 순간이다. 거, 술 한 번 덜 먹고 외식 한 번 덜 하면 되는 거 아닙니까!

내 비록 가난하오나 마음까지 가난한 자는 아니므로, 언젠간 온기를 가득 담아 굶주린 자들을 위해 밥상을 차리는 사람이 되리라는 원대한 꿈을 꾸곤 한다. 그리고 그 밥상은 꼭 둥그렁땡처럼 보기만 해도 든든하고 푸짐한 반찬들로 채울 것이다. 짜장면은 곱빼기, 탕수육은 대짜, 닭 다리는 두 개씩, 상다리가 휘어지도록!

신은 우리에게 어김없이 잔인한 계절을 선사하지만, 그 잔인함은 역설적으로 희망과 사랑, 온기를 잉태하기도 한다. 그건 모두 우리 지구인에게 달렸다. 신은 언제나처럼 우릴 시험하는 것일지도. 허나 결코 두려워할 필요는 없다. 신의 시험에 당당히 응해주려 한다. 나누면 오히려 채워지는 마법, 둥그렁땡을 기억하며 오늘도 부엌에서 요리를 한다. 위로받고 싶은 당신이라도, 위로받기보다는 위로를 하자. 그렇게 사는 삶은 절로 당신을 위로해줄 것이다. 그것이 신의 시험에서 승리하는 비법이다. 우린, 절대로 패배하지 않을 것이다.

얼마면 돼?

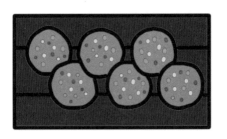

둥그렁땡 얼마면 되겠니!?

4장. 성장의 레시피

중요한 것은 꺾이지 않는
뉴욕 치즈 케이크

누구도 당신을 쫓아내지 않았는데, 왜 자꾸 궤도를 벗어나려 하는가.

우리는 흔히 뉴욕 치즈 케이크를 치즈 케이크의 원조로 알고 있지만 사실 그 역사는 훨씬 전부터 시작된다. 기원전 2000년경부터 이미 그리스 사모스섬에는 치즈 케이크를 만들어 내는 케이크 틀이 있었다고 하니, 그 역사가 얼마나 오래되었는지 그저 놀라울 따름이다. 로마가 그리스를 점령하면서 치즈 케이크가 알려지기 시작했고, 로마 제국의 확장은 유럽 곳곳으로 치즈 케이크를 전파하게 된다. 세월이 흐른 후 미국으로 건너간 영국인들은 그들만의 '뉴욕 치즈 케이크'를 개발했고 비로소, 전 세계인이 사랑하는 최고의 디저트가 개발되었다. 입에서 살살 녹아 그 풍미로 온몸을 저릿하게 만드는 뉴욕 치즈 케이크! 안 먹어본 사람은 있어도 한 번만 먹어본 사람은 없을 것이다.

아주 스마트하고 잘생기고 덩치도 거대한 오븐이 -안 그래도 좁디좁은- 집 안에서 무시무시한 존재감을 드러내게 된 뒤 이 녀석을 가만히 내버려 두는 건 정말 예의가 아닐 거란 생각이 들었다. 유튜브에 '오븐 요리'를 검색했다가 수많은 영상이 쏟아져 나왔지만, 정말 차근차근 하나하나 정성껏 살폈다. 어떻게든 오븐을 사용하고 싶었으니까. 그나저나 왜 이렇게 베이킹 요리가 많은 거지? 줄곧 이어진 베이킹 영상들은 '뭐해? 도전해 봐!'라고 말하는 듯했고 난 코웃음을 치며 대답했다.

"내가 이걸 어떻게 만들어!"

그렇게 며칠, 아니 몇 주가 지났다. 정작 오븐을 사놓고 오븐의 아가리에 들어가는 건 햇반이나 냉동식품 따위에 불과했으니, 오븐도 자존심이 상했을 거다. 오븐의 심정을 이해하게 된 건 역으로 내 자존심이, 너무도 상했을 때였다.

우리나라 축구 대표팀이 월드컵 16강에 진출하고, 말았다. 그것도 크리스티아누 호날두가 이끄는 세계 최강 전력의 포르투갈을 극적으로 꺾고서, 말이다.

조별리그 성적은 그전까지 1무 1패, 아주 초라했다. 마지막 경기의 상대는 H조에서 가장 까다로운 팀이었다. 게다가 우리나라 수비의 핵심인 김민재 선수는 부상으로 결장이 예고된 상태, 그야말로 엎친 데 덮친 격이었다. 여론은 갈렸다. 비난의 화살을 쏟아내며 벤투호의 실패를 논하는 이들이 있는가 하면 그래도 끝까지 응원하는 게 답이라는 이들도 있었다. 난, 당시의 상황을 아주 간단한 한마디로 -코웃음을 치며- 표현했다.

"우리나라가 이걸 어떻게 이겨!"

당신도 결과를 알고 있을 테니 경기에 관해 논하지는 않겠지만, 어쨌든 난 기쁨과 슬픔이 절묘하게 섞인, 생각지도 못한 감정의 소용돌이에 휘말리고 말았다. 부딪혀보지도 않고 일찌감치 결론을 내버린 날 향해 세계가 비웃는 듯한 패배감에 휩싸였던 것. 지고 싶지 않았고, 다행히 이 패배감은 나를 오븐 앞으로 이끌었다.

영상을 다시 찾아 필요한 재료를 준비하고 당장에 뉴욕 치즈 케이크 만들기에 돌입했다. 괜히 그리스에서 시작되었다고 하니까 신들이 먹는 음식일 것만 같고, 괜히 아무나 만들 수 없는 신비로운 음식일 것만 같은 느낌이 들기도 했지만…… 그래봤자 치즈 케이크 아닌가? 그까이 꺼, 내가 못 할 것 같아? 이게 바로 태세 전환이야!

    베이킹의 기본은 계량이다. 1g의 차이가 맛의 차이뿐 아니라 음식의 완성에 있어 아주 중요한 갈림길이 되기도 한다. 섬세함이 필요하달까. 투박함과 눈대중으로 무장한 나로서는 굉장히 어색하고 낯선 분야라 할 수 있지만 그까이 꺼, 내가 못 할 것 같아? 인터넷을 살짝만 뒤져보아도 아주 간편하게 계량하는 방법이 넘쳐나는 요즘이다. 그래서 발견한 초특급 필살기, 이름하여 종이컵 계량!

    잘 녹은 크림치즈 두 통 400g과 꿀 두 숟갈, 레몬즙 한 숟갈을 잘 섞어준다. 섞다 보면 마치 마요네즈처럼 꾸덕꾸덕해지는 걸 확인할 수 있다. 그리고 그 위에 달걀 하나를 깨 다시 섞어주고, 박력분을 종이컵 반 컵 분량으로 체에 걸러 잘 뿌려준다. 그리고 다시 미친 듯이 휘저어주면 반죽 완성. 반죽은 너무 오래 저으면 안 된다. 오래 저으면 저을수록 글루텐이 많이 만들어져서 케이크의 질감이 질겨질 수 있다고 하니 딱 1분만, 오케이? 아, 조금 더 단맛을 원하면 설탕 반 컵 분량을 더해주는 것도 포인트가 되니 참고! 완성된 반죽은 다이소에서 사 온 원형틀에 종이 포일을 깐 뒤 잘 부어주면 되는데, 다 부은 다음엔 젓가락을 휘휘 저으며 공기 구멍을 찾아 없애줘야 한다. 이제 예열된 오븐에 160도, 50분! 더운 공기를 잘 쐬어주면 그토록 기다리던 뉴욕 치즈 케이크가 짜잔, 하고 나타나겠지?

아뿔싸! 결코 만만한 녀석이 아니었다. 오븐을 열자마자 새까맣게 타버린 괴생명체가 등장했고, '약간 바스크 치즈 케이크 같지 않아?'라고 자위해보았으나 선을 넘어도 단단히 넘은 괴생명체는 결국 음식물 쓰레기통에 버려지고 말았다. 하지만 알잖아? 난 절대 지고는 못 사는 성격이라는 걸. 참 마음에 드는 성격이다. 나와 학교에서 함께 공부하는 아이들도 이건 꼭 배웠으면 좋겠다. 시험을 망쳤다고 울고불고할 시간에 냉정을 유지한 채 '오답노트'를 써야 한다는 걸. 슬퍼할 시간에, 분석을 해야지!

분석 결과는 다름 아닌 물, 따뜻한 물이었다. 적당한 양의 물을 오븐에 함께 돌려주면 타지 않고 촉촉한 케이크가 만들어지는데, 그 부분을 놓치고 말았다. 그래서 뭐 어쩌라고? 어쩌긴 뭘 어째, 당장 마트에 달려가 다시 크림치즈를 사 왔고, 처음부터, 다시, 케이크 만들기를, 시작했다!

뉴욕 치즈 케이크 그까이 꺼, 지금은 눈 감고도 성공할 정도로 아주 편하게 만들 수 있는 음식이 되었다. 몇 번 연습했더니 라면 끓이기만큼이나 쉬워진 경지에 올랐다. 알고 보면 세상만사가 다, 그러할진대 말이다. 더불어 지금, -조금 더 어른에 가까워진- 난 함부로 방어기제를 만들지 않으려 애쓰며 삶을 살아내고 있다. 머무르고 안주하며 합리화된 나의 하루는 초라하고 형편없는 안이한 모습이 될 거란 걸, 보지 않고도 알 수 있었으니까. 새까맣게 타버리더라도 끝까지 도전하고 부딪혀보는 것이 더 나은 삶이 되리란 걸, 비로소 깨닫게 되었으니까.

한 번도 그려보지 못한 모습이어도, 상상만 해도 오글거리는 그런 장면이어도, 당신의 도전을 응원하는 누군가가 곁에 있을 테니! 더 화려한 당신의 내일을 꿈꾸며 끝까지 도전해주길, 그리고 언젠가 우리나라가 브라질을 꺾고 월드컵 우승컵을 들어 올리길, 내가 세상에 대고 당당히 코웃음 치는 그런 날이 오길. 중요한 것은, 꺾이지 않는 마음이란 걸 기억하면서.

중요한 것은

꺾이지 않는 마음

가지로 피자를 만들어도, 정말 안 먹을 거야?

우린 위대하므로, 많은 것을 포용하며 삼킬 수 있다. 절대 무리가 아니다.

학교 급식 주간 메뉴가 공개되면 아이들은 저마다 동그라미, 엑스 표시를 하느라 바쁘다. 그날그날 메인메뉴 격인 음식들, 예를 들어 갈비구이, 순살치킨, 부대찌개에는 동그라미 표시가 형광펜으로 알록달록하게 칠해지는가 하면 느타리 버섯볶음이나 매생이 굴국밥, 미역줄기볶음 같은 것들은 아예 새까맣게 칠해져 식단표에서 사라져 버리기 일쑤다. 그렇다고 실제 메뉴에서 사라지는 건 아님에도 아이들은 참 열심이다. 그런 모습을 보며 귀엽기도, 안타깝기도 하지만 생각해 보면 학창 시절 나도, 그러하였다. 고기나 튀김 종류만 즐겨 먹던, 아이들과 다를 게 없던 그 시절에 나에게 최악의 음식 중 하나는 가지나물이었다. 씹는 순간 물컹거리는 식감에 진저리치던 어린 시절이 있었고 아마 당신에게도, 있었을 테다. 가지는 그저 어른들이나 먹을 수 있는 요상한 음식으로 여겼고 그건 정말이지 최근까지도 그러하였다. 언제부터였을까. 그 물컹거림을 물컹거린다고 표현하는 대신 부드럽고 말랑거리며 씹을 때마다 퍼지는 채즙의 풍미가 좋다고 얘기하는 걸 보면, 어쩌면 나이가 들었는지도.

나이가 드는 것과 성장한다는 것이 같은 의미를 지니지는 않겠으나 확실한 건 한 해 한 해가 갈수록 분명 나의 습관과 취향 따위는 변해간다는 점이다. 지금은 가지로 만든 음식을 찾아 먹을 정도로 선호하는 식재료가 되었다. 가지나물은 물론 가지로 밥을 짓기도 하며 슬라이스한 가지를 돌돌 말아 토마토소스, 치즈와 함께 구워낸 이탈리아식 멜란자네도 즐겨 먹는다. 참고로 가지는 이태리어로 Melanzana인데, 'mela 사과'와 'insana 미친'이라는 단어가 결합한 혼성어이다. 말 그대로 '미친 사과'라는 의미인데 시칠리아 사람들이 처음 가지를 맛보고 그 맛이 너무 이상해 잘 못 먹으면 미칠 수도 있다는 생각에 붙인 이름이라고 한다. 그런 데 놀랍게도, 시칠리아 사람들은 이제 세계 그 어느 나라보다 가 지 요리를 즐기고 있다. 나만, 변하는 건 아니었달까?

매년 여름 함께 여행을 다니는 대학 동기들이 있다. 우리 모임 이름은 '광어회'인데, '빛 광光', '말씀 어語'를 합쳐 '우리가 하는 말 은 모두 빛이 되는 말이다'라는 정말 허황되고 과장된 이름이 붙 은 친목 단체이다. (말은 이렇게 하지만 대단히 자랑스러운 이름 이다!) 대학 졸업 후 각자 직장 생활을 시작한 뒤에도 우린 매년 함께 여행을 떠났고, 어느덧 그 여행도 십 주년을 맞이했다. 첫 여 행에선 각자 짐을 짊어진 채 지하철을 타고 낑낑대며 이동했던 기억이 나는데, 지금은 각자 승용차를 몰고 나름 비용 걱정 없이 여행을 다니고 있다. 우린 이제, 어른이니까! 이들과의 만남이 끊 기지 않는 걸 보면 내가 그들을 참 좋아하는 것 같다. 그들도 날, 좋아할까? 여하튼 다들 각자의 캐릭터가 아주 강한 구성원들인 데, 그중 유독 활발하고 세계에 대한 도전 정신이 투철한 한 친구 가 있다. 그 친구는 교사 생활을 하면서 주말이면 직장인 밴드, 연 극단에서의 활동까지 병행할 정도로 참 부지런하다. 심지어는 유 튜버의 삶도 살아내고 있다. 그 친구가 뮤지컬 주연 배우로 발탁 되어 공연 준비에 한창일 때였다. 연습도 힘든데, 그것보다 더 힘 든 점이 있다는 이야기를 꺼냈다.

"나 주연이라서 살 빼야 해. 근데 너무 안 빠져."

이 친구는 몸 상태만 봐도 비수기와 성수기가 구분될 정도로 고무줄 체중을 자랑하는 녀석이어서 나름의 다이어트 비법도 가지고 있었을 테지만, 난 과감히 그에게 다이어트 음식 한 가지를 제안했다. 다이어터들의 심각한 적수인 탄수화물 없이 아주 맛있게 한 끼를 해결할 수 있는 초특급 메뉴, 가지 피자!

가지를 반으로 자른 뒤 살을 살짝 파내 홈을 만들어준다. 그리고 그 위에 토마토소스를 바르고 다진 양파와 블랙 올리브, 모차렐라 치즈를 얹어 오븐에 1~2분만 구워주면 완성되는 간단하면서도 건강한 고급 다이어트 음식. 적당한 크기로 썰어 입 안에 넣어주면 아주 쉽게 입천장을 델 수 있다. 가지의 뜨거운 채즙이 씹는 순간 곧장 입안 가득 퍼지게 되므로! 그만큼 맛있다는 의미다. 가지 음식을 사랑하며 가지의 매력을 온 지구인들에게 다 알려주고픈 소중한 마음을 담아 정성껏 그 과정을 설명했으나 어럽쇼? 친구의 반응은 영 시원찮았다. 일단 '가지'가 언급되었다는 사실이 영 성에 안 차는 듯했다. 별 수 있나, 평안 감사도 저 싫으면 그만인데.

얼마 뒤 친구는 다이어트에 성공했고, 공연도 성공적으로 아주 성황리에 마쳤다. 그리고 친구는, 단톡방에 자신이 만든 가지 피자 사진을 올렸다. 어쩜 이렇게 반가울 수가! 역시, 내 말을 들으면 자다가도 떡이 생긴다고! 친구가 그렇다고 말은 하지 않았지만 분명 다이어트에 가장 크게 공헌한 음식이었을 거라고, 나는 혼자 믿고 있다. 가지는 그 정도로 위대한 음식이니까.

그래, 모든 게 다 저 싫으면 그만이다. 가지도, 공부도, 건강관리도 전부, 다. 지구인들은 알아서 나이를 먹으며 변해가고, 깨달으며, 성장하는 법이니 그들에게 제안은 하되, 강요는 하지 말자. 가지나물에 엑스자 표시를 하든, 가지 피자로 다이어트를 하든 지구인들은 자신의 신념과 의지, 습관과 취향을 바탕으로 자신만의 선택을 하게 될 테니까. 혹시나 나와 같은 선택을 한다면 반갑게 환영해주고, 그렇지 않다고 하면 그저 고개를 끄덕거려주면 그만이다. 누군가 가지를 선호하지 않는다고 하여 난 절대 그 사람의 모든 것을 부정하지 않을 것이다. 그건 나름대로 그 사람의 취향일 테고 언젠간 그 취향이 바뀌어 내가 만들어준 가지 피자를, 하루에도 몇 번씩 찾게 될지도 모르는 일이니까.

다만 나와 당신의 변화가, 나이를 들어가며 자꾸만 맞이하게 되는 그 변화가, 기왕이면 세상 많은 것들을 사랑하는 쪽으로 흘러갔으면 좋겠다. 가지를 사랑하며 가지가 알려준 새로운 세계를 알게 되었듯 그렇게 변화를 통해 우리가 함께 더 넓은 세계를 만날 수 있기를, 우리의 키가 한 뼘 더 훌쩍 자라 나기를.

난 가지야

널 "가지"겠어!

관찰레와 함께 버무린
원조 리얼 카르보나라

아이들이 자신의 위대한 창의력을 남들 따라 하는 데에 쏟아붓고 있는 요즘이다.

우리나라에선 카르보나라 파스타를 하얀 크림소스에 버무려진 것으로 오해하곤 한다. 그래서 이탈리아 정통 카르보나라를 표현할 땐 꼭 '리얼'이란 수식어를 붙여야 한다. 카르보나라는 얼마나 억울할까. '진짜' 카르보나라라니. 크림소스에 버무려진 그 가짜 카르보나라 앞에 '크림'이라는 수식어를 붙이는 게 맞는 것 아닌가. 자기 정체성을 빼앗긴 피해자가 원조元朝 행세를 하는 이들에게 농락당한 꼴이다. 언젠가 유튜브에서 '남산 돈가스' 관련 원조 논쟁을 본 적이 있는데, 딱 그 상황이 아닌가 싶다. 세계는 거꾸로 돌아간다. 원조가 져야 하는 이상한 세계. 허나, 결국에 승리하는 건 원조일 것이다. 그렇게 믿자. 그래야 혼탁한 이 세계를 살아낼 수 있을 테니까.

여하튼 이 진짜 카르보나라를 만들기 위해선 육 공방(고기를 가공해 햄 따위를 만드는 공방)에 관찰레를 주문해야 한다. 관찰레, 돼지고기 볼살이나 턱살을 염장한 이탈리아 정통 햄을 의미하는데 우리나라에도 제법 알려져서 생각보다 구하기가 수월해졌다. 그 짭짤한 풍미를 맛보면 당신도 다른 파스타는 쉽사리 손대지 못할 것이다. 게다가 조리법도 아주 간편하고 쉽다.

달걀노른자 두 알에서 세 알 정도를 야무지게 풀어주고 파마산 혹은 페코리노 혹은 그라노 파다노 치즈를 더 야무지게 갈아준 다음 잘 섞는다. 후추도 "후추후추!" 소리를 내며 잘 뿌려주기! 이어서 관찰레를 잘게 썰어 팬에 열심히 굽는다. 그리고 삶은 파스타면을 팬에 함께 넣고 잘 볶아준다. 이때 면수를 한 국자 퍼서 팬에 부어주면 팬에 눌어붙은 관찰레의 맛이 잘 풀어지게 된다. 누룽지에 물 붓는다고 생각하면 되려나? 전문 용어로는 이러한 요리 기법을 '디글레이즈'라고도 하는데, 여하튼 면수가 있어서 볶기도 훨씬 수월하다. 물론 유튜브 조회 수 2,000만 회를 기록한 안토니오 칼루치오 할아버지의 영상에선 면수를 붓는 과정이 생략됐지만, 할아버지, 저는 이게 더 편하더라고요. 죄송해요!

이제 요리는 거의 끝을 향해간다. 면이 잘 볶아졌다면 가스 불을 끄고 살짝 한 김 식힌 다음 아까 만든 달걀 소스를 부어 면과 섞어준다. 주의! 너무 뜨거우면 달걀 소스가 익어서 스크램블드에 그가 되어버린다. 그러니 불 끄는 거 잊지 않기! 그리고 이제 다시 치즈를 갈아 간을 맞춰주고 마지막엔 꼭 후추를 다시 한번 "후추 후추!"하며 뿌려주면 완성. 후추는 이 요리의 핵심이다. 원래 카르보나라라는 말이 광부들이 음식을 먹는데 몸에 붙은 석탄 가루가 접시에 떨어진 것에 착안해서 아예 통후추 가루를 으깨 뿌려 먹은 데에서 유래했기 때문이다.

맛있다! 날카로운 첫 키스의 추억만큼이나 강렬한 첫맛이 입안 가득 퍼지고 나면 당신은 곧장 침묵하게 될 것이며 당신이 있는 그 공간엔 후루룩 쩝쩝하는 소리만이 머물게 될 것이다. 더불어 리얼 카르보나라를 맛보면 왜 우리가 원조를 찾는지 확연히 깨달을 수 있다. 그 꾸덕꾸덕함과 짭짤함이 먹고 있는 중에도 계속 입맛을 돋우는 매력이 있다. 난 즐기지 않지만 와인과 그렇게 찰떡궁합이라고들 하더라. 역시 원조는 다르다. 아무리 흉내 내려 해도 따라 할 수 없는 원조만의 깊이가 있다.

종종 생각한다. 나는 원조元朝가 될 수 있을까. 원조라는 말은 어떤 일을 처음으로 시작한 존재를 뜻한다. '원조 프리미어리거 박지성'처럼 새로운 세계를 개척하는 이들에게 우린 '원조'라는 위대한 칭호를 부여한다. 그리고 나는, 대체 어디에서 원조가 될 수 있을까. 아니, 그보다 남들이 가보지 않은 길을 갈 용기라는 게 내게 있기는 할까.

없었다, 그럴 용기가. 그런데 이제는 다르다. 원조 리얼 카르보나라를 맛본 뒤 왜 원조에게 원조라는 수식어가 붙는지 알게 된 지금의 나로서는 원조가 되겠다는 포부를 가지지 않을 수 없다. 나는, 이제 새로운 세계로 발을 내딛고자 한다. 그리고 세계로부터 승리할 것이다!

어디에서 뭘 할 거냐고? 직장을 때려치우거나 하려는 게 아니다. 다만, 남들이 가보지 않은 길을 먼저 찾아볼 생각이다. 그 길이라는 게 꼭 직업의 전환을 의미하는 건 아닐 테니까. 일단은 파스타를 잘 만드는 국어 선생님? 이것부터 시작해야겠다. 그리고 시작하기에 앞서, '두 갈래 길에서 사람들이 적게 간 길을 택했다'고 했던 프로스트의 말을 되뇌어 본다.

지켜봐 줬으면 좋겠다. 그리고 당신도 -혹시나 당신이 실의에 빠져 현실에서 허우적대고 있다면- 애써봤으면 좋겠다. 당신도

193

행복과 낭만이 있는, 그간 가지 않았던 길을 새로이 선택할 수 있음을 기억해주길. 그리고 오랜 세월이 지난 후 어디에선가 우리가 지나온 길에 관해 이야기할 때, 나는 당신에게 원조 리얼 카르보나라를 대접할 것이다. 그땐 꼭 나도 와인을 마실 것을 약속한다. 우린 그렇게, 서로를 축복하며 살아가면 되는 것이다.

파로 별을 만들면?

파스타!!.....

아이 엠 미스터 제육왕

무언가에 미치도록 쏟아부어 본 적이 있는가

그게 아마 2014년 3월일 것이다. 사실 '아마'를 붙일 필요는 없다. 신규교사로 발령받고 첫 회식이었으니, 무조건 그때일 수밖에 없다. 같은 교과 선생님들께서 신입을 위한 환영의 자리를 마련해주셨다. 직장이라 봤자 고작 1년 남짓한 경험밖에 없던 나로서는 사회생활 레벨이 낮아도 한참 낮은 상태였는데, 여하튼 술자리에 대한 거부감이 있거나 하진 않았다. 회식 자리엔 자취남이 평소엔 구경도 못 할 맛난 음식들이 즐비하니까. 선배들도 오물오물 잘 먹는 후배를 좋아하지 않을까? 그 뭐냐, 복스럽게 잘 먹으면 예쁨 받고…… 아, 그건 며느리 얘긴가.

기대에 부응하듯 그날 회식 장소는 으리으리한 한정식집. '상다리가 부서지게'라는 말이 무엇인지 눈으로 직접 확인하고 나니 표정 관리가 잘되지 않았다. 에라이, 눈치 보지 말고 먹어! 원래 계획대로 메인메뉴격인 수육을 주로 공략하며 배를 든든히 채워나갔다. 분위기는 아주 괜찮았다. 선배 선생님들도 이런 얘기 저런 얘기를 하시며 기분 좋게 대화를 걸어주셨다. 그런데, 생각지도 못한 기습공격이 시작되었으니. 갑자기 옆 테이블의 나이가 지긋하신 선생님께서 잔뜩 인상을 찌푸리며 언성을 높이시는 게 아닌가.

"이봐 기 선생, 대체 잔은 언제 돌릴 거야?"

어라? 잔을 왜 돌리지? 소주잔으로 저글링을 하라는 건가? 유리라서 깨지면 위험하지 않나? 답도 제대로 못 하고 혼자 당황하고 있는데 그나마 연배 차가 가장 덜 나는 선생님이 슬쩍 내게 귓속

말로 답을 주셨다.

"가서 한 잔씩 따라드려."

그랬구나. 한 잔씩 따라드리면서 개인적으로 인사를 나누고, 따라주시는 술도 받아먹고 그랬어야 하는 거구나. 왜 아무도 그런 문화를 알려주지 않았단 말인가. 뭔가 억울했지만 그런 생각이나 하고 있을 여유는 없었다. 만회해야 했기에, 여기저기 다니며 따라드리고, 받아 마시고, 열심히 신입으로서의 역할을 다해냈다. 그렇게 나는 취했던 것이었던 것이었던 것이었……

기억이 온전히 남아있진 않으나 분명 2차로 자리를 옮겼고, 그곳에서도 역시 신입 막내의 활약이 필요했다. 포장마차 분위기가 물씬 나는 술집이었는데, 안주는 막내가 골라야 하는 소위 '국룰'이 적용되어 나는 가만히 -흐리멍텅한 눈으로- 메뉴판을 살폈다. 그리고 눈치도 없는 데다가 술에 지배까지 당해버린 그 막내는, 생각지도 못한 메뉴를 떡하니 외치게 된다.

"저는 제육볶음이 먹고 싶습니다!"

알콜 성분이 많은 기억을 삭제했지만 당시의 그 싸늘한 분위기만큼은 명확히 기억한다. 제육이라니. 지금껏 수육을 그렇게 먹고도 또 고기를? 막내에게 제육은 '최애'음식이었다. 절대 놓치고 싶지 않은. 분위기는 갑자기 가라앉았지만, 다행히 선배 선생님들은 '한창 잘 먹을 때지'라며 흔쾌히 제육볶음을 시켜주셨다. 물론 그 음식은 내 앞에만 있었고, 다들 가볍게 마른안주를 드셨다는…….

다행히 이제는 사회생활 레벨이 많이 상승하여 2차 자리에서 제육볶음을 시키는 파렴치한 짓은 '덜' 하는 편이다. 대신 1차로 후배들을 제육 앞으로 이끌고 있다. 그리고 뭐, 집에서 맛있게 만들어 먹으면 되지. 아, 서론이 길었으나 이 글은 결국 제육볶음을 찬양하기 위한 글이다!

제육볶음을 위한 고기, 이건 취향 차이가 있을 듯한데 앞다릿살? 목살? 난 무조건 삼겹살이다. 고기는 원래 기름 맛이라는 -쓸데없는- 철칙을 가진 나로서는 삼겹살 말고는 다른 선택지란 없다. 심지어 두껍게 써는 걸 선호한다. 대신 고추장-설탕-파-마늘-후추-깨-참기름 양념에 버무려 하루 이상 숙성하기! 그래야 맛이 잘 배어든다. 그리고 원래 제육볶음이 그런 음식이다. 사람들이 굉장히 많이 헷갈리는데, 제육볶음은 미리 양념에 재워두었다가 볶아내는 음식이고, 두루치기는 끓이는 것이며, 주물럭은 말 그대로 양념을 주물주물하여 바로 불에 구워내는 음식이다. 절대 같지 않다. 셋은 완전히 다르고 맛에도 분명한 차이가 있다. 물론 그 차이가 그렇게까지 심한 것은 아니다. 경계가 모호하고 지역마다 다른 점이 있다고도 한다. 그나저나 아니, 뭘 그렇게까지 구분하냐고요? 제육볶음에 진심인 저로선 절대 용납할 수 없다고요!

현진건의 《운수 좋은 날》에도 언급될 정도로 우리 민족 모두가 사랑하는 음식, 제육. (물론 1920년대의 제육이 지금의 제육과는 양념 면에서 크게 다른 것으로 추정된다) 빨간 양념의 제육볶음은 그 역사가 그리 오래되진 않았지만 대학가에서, 회사 근처에서, 기사 식당에서 제육볶음만큼 인기 있는 음식도 없다. 많은 이들이 그러하듯 나에게도 제육은 진심을 다할 수밖에 없는 음식이다.

제육을 비롯하여, 나의 진심이 닿는 영역은 생각보다 많다. 마블 영화 시리즈, 맨체스터 유나이티드와 기아 타이거즈, 아잉거 맥주와 드라마, 뭐 나열하다 보면 끝이 없을 정도다.

무언가에 진심일 때, 그걸 지켜보는 주변인들은 이를 불편하게 여기기도 한다. 융통성이 없다는 식으로 여겨질 수 있으므로. 그래, 혹여라도 그 진심으로 인해 누군가가 피해를 본다면 그건 잘못인 게 맞다. 그게 아니라면, 남들의 시선을 신경 쓸 필요가 있을까? 무언가에 진심인 삶은 꽤 풍요롭고, 기쁨이 가득한데 말이다. 그러니 그저 수동적으로 흘러가듯 살지는 말자. 이 지구는 정말이지 흥미로운 것들로 넘쳐난다. 조금만 둘러보면 아주 쉽게 발견할 수 있을 것이다.

삶을 더 가치 있게 살아내는 방법은 마음을 다해 무언가를 사랑하는 일이다. 나는 제육을 사랑하고, 제육도 나를 사랑하니, 나는야 미스터 제육왕!

오늘도,
제육 폼 미쳤다!

쪼란 마요 버거의 탄생

무언가를 위해 배우는 게 아니다. 배우는 것이 곧 살아가는 것이다.

난 부모님의 첫째 아들이지만 사실 첫째 아들이 아니거나 아예 태어나지 못했을 수도 있다. 어머니의 첫 자식은 어머니의 뱃속에서 소멸하였다고 한다. 유산이었다. 아마 다시 아이를 가진 후 나라는 존재가 태어나기까지 어머니는 늘 마음 졸이며 10개월을 보내셨을 거다. 그렇게 난 삶을 얻었고, 대신 어머니는 나팔관이 막혀 더 이상의 임신이 불가하단 판정을 받으셨다.

동생이 태어나기까진 10개월이 아닌 10년이 걸렸다. 둘째를 포기했던 부부에게 우연히 찾아온 소중한 선물. 막혔던 관이 자연히 뚫려 부부는 생각지도 못한 둘째를 갖게 되었고, 아이가 태어났을 때 첫째는 살아생전 처음 느끼는 감정에 휩싸였다. 내게, 동생이 생기다니!

마치 자식의 생애처럼, 열 살 터울 동생의 모든 삶은 온전히 내 기억에 남아있다. 장면들은 마음만 먹으면 언제든 영상화되어 펼쳐진다. 그리고 그 안엔 언제나 기쁨이 가득했고, 지금도 그러하다. 항상 아이일 것만 같던 동생은 이제 서른을 바라보는 어른이 되었고, 주말 저녁엔 함께 술잔을 기울인다.

목요일 혹은 금요일이 되면 무뚝뚝한 카톡이 요란하게 울린다.

'뭐 먹을래?'
'아무거나.'
'그럼 이거 어때?'

여기서 '이거'에 해당되는 메뉴는 늘 새롭다. 뻔하지 않고, 화려하다. 부타노 가쿠니, 발사믹 치킨 스테이크, 크림 뇨끼, 야끼소바 등등. 평소 요리에 관심이 많고 음식점 아르바이트 경험이 오래 쌓인 녀석은 주말마다 형의 배때기에 기름기를 가득가득 채워주곤 한다. 그리고 그 수많은 메뉴 중 나의 '최애' 한 가지를 꼽는다면 그건 바로 쯔란 마요 버거. 모닝빵을 미니번으로 하여 소고기 패티와 쯔란을 활용한 특제 소스를 발라 만든 초특급 수제 버거. 평소 버거를 즐기지 않는 어머니는 물론 경남 창원시에 거주하시는 이 여사께서도 극찬하신 그야말로 명품 메뉴. 참고로 여사님은 어머니의 어머니의 막내딸이다. 그러니까 막내 이모.

소고기 다짐육을 동네 마트에서 -반드시 형 카드로- 구입한다. 내 카드로 살 땐 좋은 고기를 고집할 필요는 없다. 그리고 70g씩 소분하여 패티를 만들고 태우듯 바싹하게 구워내기. 물론 이건 동생 역할이다. 그러는 동안 형은 -동생이 반으로 갈라 놓은- 모닝빵 안쪽을 살짝 구워낸다. 이 작업들이 완성되면 동생은 모닝빵-소스-야채-패티-치즈-소스-모닝빵 순으로 버거를 완성한다. 형은 뭐하냐고? 맥주를 세팅해야죠!

여기서 핵심은 소스라 할 수 있다. 양꼬치 시즈닝으로 잘 알려진 쯔란과 마요네즈를 1:2 비율로 섞어 만든 존재감이 확실한 소스. 첫맛을 결코 잊지 못한다. 강렬하게 퍼지는 고기 육즙과 절묘하게 뒤섞인 쯔란의 매콤함이 맛의 밸런스를 완벽히 갖춰주며 결국 형은 버거 하나에 맥주 두 캔 순삭.

새로운 맛을 선사하는 소스의 비밀은 동생의 치밀하고도 치열한 연구 끝에 완성되었다. 여러 재료의 조합을 위해 늘 메모하고 기록하며 시행착오를 최소화하는 습관이 동생에게 배어있다. 해군 행정병 출신인 녀석은 특정 레시피를 마치 군대 상관에게 제출하기라도 할 양으로 보고서 형식에 맞게 제작하여 정리한다. 요즘 아르바이트를 하는 이탈리안 퓨전 레스토랑의 오랜 경력을 소유한 사장님이 신메뉴를 개발할 때마다 늘 동생의 조언을 구하는 것만 봐도 동생의 뛰어난 메뉴 개발 능력을 알 수 있다.

동생은 늘 완벽을 추구하는데, 늘 완벽하다. 그저 요리에만 국한된 완벽이 아니다. 자신의 본업인 음악 생활에 있어서도, 사람에 있어서도, 그러니까 결국 삶에 있어 순간마다 최선을 다한다. 형만 한 아우가 없다는데 아, 여기 있었다! 아마 녀석은 대성할 것이다. 성공하면 뭐 사준다고 했더라.

지구인은 언제나 더 나은 삶을 위하여 배우고 익히며 애써야만 한다. 그리고 그 배움은 어디에서나 발현될 수 있다. 반드시 배움이 위에서만 내려오는 게 아니라는 걸 우린 알아야 하며 반대로, 나의 언행과 마음가짐이 누군가에겐 배움의 요소가 될 수 있다는 것도 꼭 기억해야 한다. 그래서일까? 대학생 시절 성당에서 초등부 주일학교 교사를 할 때 알게 된 '교사의 기도'에는 이런 구절이 있었다.

'가르치면서도 배우게 하소서.'

　오늘도 학교라는 공간에서 수많은 학생을 마주하며 나는 가르치면서 배우게 해달라는 진심 어린 기도문을 읊조린다. 버거 하나를 씹어 삼킬 때마다 함께 스며드는 다짐이, 더 나은 내가 되기 위한 밑거름이 되리라 믿는다.

버거입니다.

그런데 이제, 쯔란마요를 곁들인.

나눠야 들기름에 바싹 구워 단단해진
강철 두부 멘탈

수학 문제를 해결하려면 나름의 공식이 필요하다. 삶의 문제도 마찬가지다.

안녕하세요? 저는 대한민국의 평범한 청년 김두부라고 합니다. 저는 쉽게 좌절하고 으스러지는 편이며 작은 일에도 상처를 크게 입는 성격입니다. 아니, 그랬었습니다. 그랬으나, 지금은 강철 두부 멘탈을 자랑하고 있습니다. 어떻게 변할 수 있었냐고요? 그게…… 참 별것 아닌 사소한 한 마디가 큰 힘이 되기도 하더군요. 어느 날 새벽, 정말 죽고 싶을 정도로 괴로웠던 그때 친한 친구에게 전화를 걸었거든요. 그저 하소연을 하고 싶었을 뿐인데, 잠결에 전화를 받은 친구는 귀찮다는 말투로 이렇게 말했습니다.

"아니 그럼, 가만있지 말고 뭐라도 해!"

뭐라도 하라니……. 그랬습니다. 저는 저의 성격이 참 맘에 들지 않았지만 그걸 바꿀 생각은 한 번도 해보지 못했던 거죠. 친구의 말에 용기를 얻은 전, 과감히, 두부구이를, 선택했습니다!

이상, 김두부씨의 이야기였고 여기서부터는 내가, 바통을 이어받아 당신에게 단단한 강철 두부를 만드는 비법을 알려주려 한다. 알다시피 두부는 아주 쉽게 으깨진다. 그래서 두부 멘탈이란 말이 등장했을 정도다. 두부가 단단해지길 원한다면, 뭐라도 해야겠지? 사실 굉장히 간단하다. 아무것도 하지 않았으므로, 두부는 계속 쉽게 으스러지고 말았던 거다.

먼저 두부를 썰어 쟁반에 펼쳐주고, 전자레인지에 2~3분 정도 돌리면 물이 흥건해진 걸 볼 수 있다. 두부가 가지고 있던 수분을 빼주는 과정이다. 그런 다음 들기름(두부구이는 들기름이 '국룰' 이다)에 바싹 구워주면 되는데, 더욱 단단한 두부를 원한다면 굽기 전에 전분 가루를 골고루 묻혀주면 좋다. 여하튼 그렇게 앞뒷면을 잘 구워주면 그토록 기다리던 강철 두부, 완성. 볶은 김치와 찰떡궁합이며 양념장을 올려 먹는 것도 꽤 괜찮은 방법이다. 어때, 어렵지 않지?

어렵시 않시만 시구인은 쉽사리 시도하시 않나. 누구나 멘탈이 흔들리는 순간이 있겠지. 흔들리는 것까지는 괜찮겠지만, 휘청거리다 쓰러지는 순간이 오면 어쩌려고 그래? 쓰러지지 않기 위하여, 우린 어떤 바람에도 끄떡없는 강철 멘탈을 갖추어야 한다. 사실 앞서 등장했던 김두부씨는 알고 보면 나일지도, 당신일지도. 우린 모두 세상 풍파를 맞으며 살아가니까. 쓰러지기 싫었던 난, 나만의 방법으로 몸을 지탱해내고 있다. 그 첫 번째 방법은 바로, 글쓰기이다.

글을 쓰다 보면 보지 못했던 것들이 보인다. 정확하게는 내가, 아주 잘 보인다. 생성된 단어들의 나열은 나의 감정이나 욕구 따위를 아주 적나라하게 드러내므로 쓰다 보면 그것들을 적절히 조절할 수 있게 된다. 억누를 수 있달까? 때론 한결 가벼워짐을 느끼기도 한다. 답답했던 마음이 한껏 풀리는 기분. 지구인 모두가 쓰기의 기쁨을 알면 좋을 텐데 말이다.

두 번째, 어둠이 깔리면 편한 옷차림으로 밖을 나선다. 천천히 걸어 동네 천변으로 향한다. 그리고는 냅다 달린다! 달리기는 특별한 기술을 요하지 않는다. 누굴 이기기 위하여 속도를 높일 필요도 없으며 장소에 크게 구애받지도 않는다. 심지어 달리는 동안 잡념들이 제거되고 땀을 흘리면 엔도르핀이 솟기도 한다. 쾌감이라고나 할까? 달리기 역시도 멘탈관리를 위한 특급 비법이라 할 수 있다. 아, 다만 달리는 동안 생각지도 못한 거미줄의 공격이 있을 수 있으니 그건 좀 조심해야 할 듯하다.

그리고 마지막, 나만의 멘탈 관리 방법 중 가장 강력한 것은 바로 맛있는 음식을 만들어 예쁘게 차려놓는 행위이다. 그것을 아마도 지구인들은 '요리'라고 부르겠지. 요리는 과학이고, 마법이며, 신비로운 창조이기도 하다. 하나의 음식을 만들 때 식재료들은 저마다 필요한 이유가 있다. 최상의 맛을 위한 조합이랄까? 고작 소금 한 티스푼의 유무로도 엄청난 맛의 차이를 불러일으킬 수 있으니까! 더불어 얼마 되지 않은 재료로 화려한 음식이 만들어지기도 한다. 달걀 한 알만 있으면 수십 가지 요리가 탄생한다는 걸 당신은 알까? 이렇게 위대한 과정에 참여한다는 사실만으로 나라는 존재에 대한 만족감을 높일 수 있다. 그래서 요리는 자존감과 회복탄력성을 위한 꽤 괜찮은 행위인 것이다.

당신이 두부 멘탈이든 유리 멘탈이든 아니면 쿠크다스 멘탈이든, 그로 인해 괴롭고 지치고 힘이 든다면 글을 쓰든, 달리든, 요리를 하든 자신을 위한 무언가를 꼭 시도해봤으면 좋겠다. 가만히 있으면 계속해서 으스러질 테지만, 수분기를 제거하고 전분 가루를 발라 들기름에 바싹 구워내면 세상에서 가장 단단한 강철 두부 멘탈로 거듭날 수 있을 테니까.

"가만있지 말고 뭐라도 해!"

두: 두 사람이 두부먹고

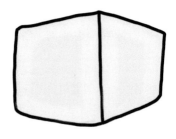

부: 부비부비..?

대파가 그렇게 인기냐며?
대파 크림치즈 토스트

세계는 늘 단어들을 쏟아내고, 우린 얼른 그걸 주워 담아야 한다. 그래야 키가 클테니.

생각지도 못한 소식을 접하고야 말았다. 세상에나, 빵 하나를 사 먹기 위해 몇 시간씩 줄을 서서 기다린다니……. 좀처럼 믿기 힘든 일이었다. 베이글을 종류별로 판매하는 -런던을 닮은- 삼청동 빵집이나 망원동의 유명한 베이커리는 평일에도 2~3시간 웨이팅은 기본이라고 한다. 그런데 다들 한목소리로 '기다림이 아깝지 않다'라고 말하며 매우 높은 평가를 하고 있었다. 그, 그 정도라고? '빵지순례'라는 말이 생겨났을 정도라고? 더 놀라웠던 건 빵을 좋아하는 소위 '빵 덕후들' 사이에서 -역시나- 생각지도 못한 재료, '대파'가 굉장히 '핫하다'라는 사실이었다. 대파 베이글, 대파 스콘, 대파 버거, 대파 꽈배기까지! 그렇다면 어쩔 수 없지. 자, 그럼 이제 대파의 인기 비결을 함께 알아볼까요?

대파는 풍부한 영양소를 지니고 있어 건강 식단 마련을 위한 필수 아이템이다. 비타민 A, 비타민 C, 칼슘, 칼륨 등 여러 영양소를 고루 갖추고 있다는 점이 첫 번째 인기 비결이라 할 수 있다. 더불어 대파는 특유의 감칠맛 덕분에 다양한 조리법에 적용이 가능하다는 장점도 지니고 있는데, 구워도 먹고 볶아도 먹고 채를 쳐서 튀기기도 하며 양념에 버무려 생으로 즐기기도 한다. 어떤 음식이든 어우러질 방법이 다양하다는 특유의 매력이 있다. 참, '파테크'가 유행처럼 번져나갔다는 사실을 당신도 아마 알 것이다. 지속 가능성이란 측면 역시 대파의 인기 비결 중 하나인데, 비교적 재배가 간단하고 생산량이 많아서 가정에서도 대파를 쉽게 접할 수 있다는 점도 빼놓을 수 없는 매력 포인트!

그 밖에도 상큼한 대파의 향과 낮은 칼로리, 빠르고 간편한 손질법 등도 대파의 장점으로 언급되는데, 그렇다면 또 어쩔 수 없지. 자, 그럼 이제 대파를 활용해 대파 크림치즈 토스트를 만들어 볼까요?

참고로 대파는 미리 손질해서 치킨타올 아니 키친타월을 깔아놓은 밀폐용기에 보관해두면 그 신선함이 오래 유지된다고 한다. 할 땐 귀찮지만 정리해놓으면 나중에 꺼내 사용하기도 편하고 무엇보다 보기에 아주 흐뭇하다. 살림꾼이 된 기분!

그렇게 정리된 대파를 아주 잘게 썰어도 되고, 한입 크기로 적당하게 잘라 주어도 된다. 그런데 썰고 나니 문제가 생겼다. 대파도 있고, 크림치즈도 있고, 빵도 있는데, 대체 이걸 어떻게 조리해서 먹어야 할지 감이 오질 않았던 것. 그걸 알면 내가 빵집 차렸지, 뭐. 에라 모르겠다는 심정으로 빵에 크림치즈를 바르고, 대파를 왕창 올리고, 오븐에 돌렸다. 적당히 파가 익고 치즈가 녹았다 싶었을 때 꺼내 먹었는데, 웬걸? 이, 이거 팔, 팔아도 되겠는데? 생각지도 못한 풍미가 입 안 가득 퍼졌고, 지구인들이 왜 곳곳으로 빵 지순례를 떠나는지 확실히 깨달은 순간이었다.

사실 만들기 전까지는 '이건 분명 실패할 것이다'라고 생각했다. 대파와 빵이 어울릴 것 같지 않았고, 머릿속에 그려보면 괜히 인상이 찌푸려지는 조합이었으니까. 고정관념에서 벗어나는 것이 안정성을 포기하는 것으로 연결될지는 모르겠으나, 분명 세계의 선구자로 살아가기 위해선 기존의 관습을 버리고 새로운 시도를 통해 새 시대를 여는 것이 필요함을 대파 크림치즈 토스트 덕분에 깨달았다. 깨닫지 못했으면 언제까지나 누군가의 들러리로서만 살아가겠지? 그 들러리라는 것이 무조건 나쁘다고 할 순 없지만, 그래도 한 번 사는 인생인데 진한 발자국 한 번 남겨봐야 하지 않겠어?

대학생 때 같은 단과대에서 수업하시는 유영만 교수님께서 '생각지도 못한 생각의 지도'라는 제목으로 방송 프로그램에 출연하신 적이 있다. 강연의 부제목은 '속옷만 갈아입지 말고 생각도 갈아입어라'였는데, 교수님은 스스로를 소개하며 '학습 건강 전문의사', '지식생태학자', '지식산부인과의사'라는 표현을 사용하셨다. 분명, 현재 존재하지 않는 직업명이다. 처음 이 단어들을 접하고 정말이지 뒤통수를 맞는 기분이었다. 난 왜 이런 상상을 해 보지 못했던 거지?

어떤 상상을 하는지에 따라 우리의 생각이 달라지고, 그에 따라 우리의 삶이 달라질 수 있다는 내용의 강연을 들으며 삶을 풍요롭게 만드는 방법은 어려운 게 아니라, 생각지도 못한 생각의 지도를 펼쳐 계속 나아가는 것임을 알게 되었다. 나는 늘 틀에 박힌 생각만 하며 틀에 박힌 삶을 살고 있었는데…….

우리가 모두 어린아이였을 때, 누가 대파와 빵의 결합을 생각했을까? 앙버터, 소금빵, 심지어 포켓몬빵까지 트렌드는 계속해서 변화하며, 새로운 것들이 탄생하는가 하면 사라졌던 것들이 다시 등장하기도 한다. 결국, 멈춰있는 법은 없다는 것. 그런데도 나는 왜, 늘 멈춰있었을까? 지구를 본뜬 세계 지도와는 달리 우리의 생각 지도엔 늘 새로운 길이 가득하다. 혹시나 당신에게 용기가 있다면, 누구보다 당차고 멋지게 발을 내밀도록 하자. 세상 모든 지구인이 당신을 우러르며 큰 박수를 쳐줄 것이다.

난 대파야

당신을 뜨끈하게 대파줄게!

넌 얼마짜리 고갈비야?

외면하니 외로웠던 거다. 기도와 주문 속에 당신은 늘 속해 있었다.

한밤중에 목이 말라 냉장고를 열어보니

한 귀퉁이에 고등어가 소금에 절여져 있네

어머니 코 고는 소리 조그맣게 들리네

어머니는 고등어를 구워주려 하셨나보다

소금에 절여놓고 편안하게 주무시는구나

나는 내일 아침에는 고등어 구일 먹을 수 있네

산울림 <어머니와 고등어> 중

　이 노래를 만든 김창완씨는 어느 신문사와의 인터뷰에서 이 노래의 비하인드를 하나 알려주었는데, 김창완씨의 어머님이 이 노래를 듣고 엄청 서운해하셨다는 것이었다. 본인은 아들을 위해 늘 비싼 생선을 차려주었는데 노래에는 싸구려 고등어나 밥상에 올리는 사람처럼 비치는 것 같았다고. 저어기 남쪽 바닷가 출신인 -소위 '생선잘알'이신- 우리 어머니께서도 명절이면 비싼 돈을 주고 갈치나 민어 조기 같은 고급 어종을 밥상에 턱턱 차려놓으시는데, 자식에게 좋은 것만 먹이고 싶은 이 땅의 어머님들이 가진 마음을 충분히 이해하긴 하지만 고등어는 그저 '싸구려 생선'이라 치부하기엔 그 맛이, 정말이지 일품이 아닐 수 없다. 내게 일등 생선은 언제나, 영원히, 고등어!

　요즘 수산 시장에서 한 손에 8,000원 정도 하는 우리나라 고등어는 뭐니 뭐니 해도 가을이 제철이다. 여름에 산란을 마친 고등어가 다시 힘을 내기 위해 열심히 먹이를 찾아 먹는 덕분에 아주 통통하게 살이 오르는 시기이기 때문이다. 가을 고등어회 한 점을 간장에 찍은 뒤 생강 채를 올려 입 안에 쏘옥 넣으면 몸이 사르르 녹아내리며 내가 고등어인지 고등어가 나인지 모를 황홀한 기분에 휩싸이곤 했는데……. 그런데 참 아이러니하게도 우리 집 냉장고에 사는 고등어는 저기 멀리 노르웨이에서 오신 서양분이시다. 어쩐지 때깔부터 조금 차이가 있더라니. 그렇지만 맛은 다르지 않다! 오늘 저녁, 야무지게 고갈비를 구워 먹어볼까?

잘 손질된 고등어를 쌀뜨물이나 식초 물에 담가 30분 정도 비린내를 없애준다. (참고로 간장이나 레몬 물을 이용하는 방법도 있다고 한다) 한동안 재워둔 고등어를 깨운 뒤엔 키친타올로 물기를 제거해주자. 막 씻고 나온 어린아이의 뽀얀 속살을 보게 될 것이다. 다음 과정은 오븐에 넣어 80% 정도만 구워내는 것인데 중간에 꺼내서 간장과 고춧가루, 고추장 따위를 섞어 만든 양념장을 바른 뒤 다시 구워주어야 한다. 아, 시간? 우리 집 오븐 기준으로 180도에 12분이면 된다. 에이, 뭐가 걱정이람? 실패하면 다시 하면 되지! 여하튼 지글지글 끓는 양념이 아주 먹음직스러울 것이다. 우리가 알던 그 고갈비, 두두등장.

우리나라엔 밥도둑이 참 많은데 고갈비도 아주 대표적인 대도大盜라 할 수 있다. 반찬은 물론 안주 역할도 제대로 하는 아주 다재다능한 음식이다. 우리 동네 아주 손꼽히는 음식점에서 고갈비 한 상을 15,000원에 판매하는데, 한 끼 식사로 부담스러운 가격이라 말하는 이들도 있지만 난 고갈비 한 상을 영접한 날이면 하루가 온전히 만족스럽다. 참 희한할 지경이다. 돈이 전혀 아깝지가 않다! 우리가 돈을 쓰는 이유가 다 비슷비슷하지 않을까? 생존이나 안위를 위한 소비도 있지만, 위로와 즐거움 따위를 얻기 위한 의미의 '플렉스'도 있단 말이야!

그런데 말이다. 글 쓰는 사람들이 가지고 있는 흔한 궁금증 하나가 있는데, '내가 쓴 글의 가치는 돈으로 환산하면 얼마쯤 될까?' 하는 질문을 스스로 던져본 글쟁이들이 분명 있을 것이다. 보통 책 한 권당 저자에게 주어지는 인세는 10% 정도인 경우가 대부분이고, 책 한 권이 15,000원이라 치면 결국 권당 인세는 1,500원꼴이다. 그러니까 10만 부는 1억 5천, 100만 부쯤 팔리면 15억의 인세를 받을 수 있다는 말이지. 다들 이러한 장면을 꿈꾸지 않을까?

마침 책 한 권 가격과 고갈비 한 상 가격이 비슷한 편인데 자, 여기서 퀴즈퀴즈! 당신에게 15,000원이 있다면 당신은 고갈비를 선택할까, 아님 내 글을 선택할까? 솔직히 이 선택권이 나에게 주어진다면 난 아직까진 고갈비를 택할 것이다. 내 글은 15,000원이 아니라 1,500원의 가치도 지니지 못한 것 같아서, 글을 다시 읽을 때마다 한없이 부끄럽기 짝이 없으니까.

내가 가진 이 부끄러움이 참 마음에 든다. 덕분에 성장하기 위한 노력을 하게 되므로. 글쓰기 고수들이 넘쳐나는 요즘 세상에서 성장을 위한 발판을 구하기는 그리 어렵지 않다. 내 침대 머리

맡엔 언제나 책이 있고, 심지어 틈만 나면 휴대전화를 열고 글쓰기 플랫폼에 들어가 새 글을 읽는다. 이 기회를 빌려 세상 모든 '글쟁이분들'께 감사하단 말을 전하고 싶다. 여러분 덕분에 저는 오늘도 한 뼘씩 자라나는 중이랍니다! 지금 제 키는 180cm가 조금 (정, 정말 조금) 안 되는데, 이러다간 2m가 넘게 자라날지도 모를 일이라고요!

응원 혹은 위로와 같은 것들을 반드시 밖에서 찾아 헤맬 필요는 없다. 스스로 발현하여 머금어도 충분하다. 그들의 의도가 그러지 않았더라도, 나보다 나은 이들의 결과물을 보며 더 나은 나를 위한 원동력으로 삼을 수 있다. 수백, 수천 명의 롤모델을 만드는 거야!

지금의 선택은 고갈비이지만, 언젠가 우리 모두 우리의 소중한 무언가를 선택할 수 있는 순간을 맞이하기 위하여, 있는 힘껏 살아내봅시다!

등 푸른 생선?

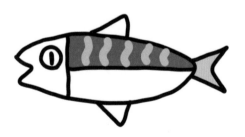

고등어는, '늘' 푸른 생선!

위대한 반전, 닭가슴살 치킨가스

기우제가 늘 성공했던 이유는 비가 올 때까지 계속 드렸기 때문이다.

억울하지 않은가. 찌는 건 금방 찌는데 빠지는 건 여간해선 잘 안 된다. 그렇다고 먹는 행복을 포기할 순 없어서, 찌는 걸 용인하 며 빠지는 걸 포기했던 때가 있다. 정말이지 순식간이었다. 턱선 이 사라지고, 옷이 타이트해졌으며, '몸이 커졌네'라는 말을 몇 번 이고 반복해서 듣게 되었다. 그때까지도 별생각은 없었다. 그땐 거울을 최대한 안 보면 된다. 굳이 스트레스 받을 필요 없잖아!

문제는 2년 주기로 반드시 받아야 하는 건강검진이었다. 피를 뽑고 이것저것 검사를 하고 난 뒤, 거울엔 담기지 않는 몸속 수상 한 비밀들이 너무도 쉽게 드러나 버렸다. 이를 어째, 의사 선생님 에 의하면 답은 운동과 식단 조절뿐. 역시나, 억울할 뿐이었다.

아파트 단지에 있는 헬스장에 등록하여 운동을 시작했다. 내가 이렇게 운동을 싫어하는 사람이었던가. 무거운 무언가를 밀고 당 기고 하는 행위는 귀차니즘의 아이콘 같은 나에겐 참 버거운 것 이었다. 그저 살기 위해서라고, 최대한 마음을 다잡아야만 했다. 더불어 식단 조절. 영양학적 지식이 갖춰지지 않은 상태로 뭘 할 수 있을까. 그냥 운동하는 사람들이 많이 먹는다고 알려진 닭가 슴살을 양껏 주문했고, 최대한 채소 위주의 건강 식단으로 끼니 를 해결하기 시작했다.

닭가슴살. 먹어본 이들은 안다. 맛이 없어도 너무 없다. 퍽퍽하 고 밋밋한 녀석이지만 건강을 위해서라고, 심지어 닭가슴살을 갈 아서 셰이크 형태로 마시는 사람도 있다고, 몸이 우락부락한 유튜 버들은 자꾸만 인내를 강요했다. 그리고 그들의 말은 놀랍게도,

한점 오차도 없는 사실이었다. 몸은 점점 활기를 찾아갔고, 체중은 10kg 가까이 감량되었다. 못 입던 바지를 다시 꺼내 입었고, 가출했던 턱선이 귀환을 알렸다. 인내가 써야 열매가 달다는 걸 새삼 깨달았던 그때, 내 안에는 한 점의 억울함도 남아있지 않았다.

머리 검은 짐승은 은혜를 모른다고 하더니만 단기간에 건강을 되찾는데 기여한 닭가슴살을 향한 고마움은 어디 가고, 맛대가리 없다고 구박하며 냉동실에 방지해버렸다. (양심은 있어서 버리지는 않음) 시간이 흐르고 어느 날, 냉동실이 폭발 직전이라는 걸 깨달은 후에야 이 애물단지의 처리 방법을 고민하게 된다. 왜 그리 많이 사났는지…… 역시나 지구인은 항상 어리석고, 같은 실수를 반복한다. 후회해서 뭐 해. 어쨌든, 정말이지 정직한 방법으로는 섭취하고 싶지 않았다. 만병의 근원은 스트레스! 계속 맛없게 먹다가 스트레스를 받아서 온갖 질병에 시달리게 되면 누가 책임질 것인가. 그리하여 치열한 사투 끝에, 닭가슴살 치킨가스라는 새로운 메뉴를 영접하게 된다.

닭가슴살을 사정없이 두드려 얇게 펴준 다음 소금, 후추 간을 해주고 밀가루-계란물-빵가루 옷을 입힌다. 뭐야, 그런 다음 기름을 넉넉히 두른 팬에 올려 앞뒤로 싹 튀겨주면 끝. 정말 끝? 끝이었다. 이렇게 간단하게 닭가슴살을 변신시킬 수 있다니! 게다가, 맛도 놀라웠다. 겉.바.속.촉.의 진가가 배어있는 음식이랄까? 겉을 둘러싼 튀김옷을 씹었을 땐 산골 소년의 외침이 메아리쳐 들려오

듯 바삭한 소리가 입 안 가득 울려 퍼졌다. 곧장 위아래 치아가 숨어 있던 부드러운 닭가슴살을 뚫고 들어가자 물풍선에 구멍이 난 듯 육즙 폭탄이 터지며 입 안 곳곳이 흠뻑 젖어 들었다. 역시 튀긴 음식은 그 자리에서 바로 먹어야 제맛. 누군가 치킨가스의 성지가 어디인지 묻는다면, 고개를 들어 우리 집 부엌을 보게 하리라!

사실 닭가슴살로 치킨가스를 만들어 먹기까지는 여러 시행착오가 있었다. 처음엔 닭가슴살을 얇게 펴서 그 안에 치즈를 넣고 돌돌 말아 치즈말이를 시도했는데, 안쪽 면이 자꾸 익지 않아 오래 구워야 하는 문제가 생겼다. 오래 구웠더니 육즙이 빠져나가 닭가슴살 '본연의 퍽퍽함'이 제대로 구현되기도……. 그래서 새롭게 시도한 것이 닭가슴살 패티. 닭가슴살을 적당한 크기로 자른 뒤 대파, 마늘, 소금, 후추, 밀가루 반 컵을 넣고 갈아버렸다. 그리고 반죽을 치댄 후 얇게 펴서 구워주면 끝. 쉽고 간편해서 조리 시간이 짧고 맛도 그럭저럭 괜찮았다. 그런데 역시나, 그냥 먹는 닭가슴살과 큰 차이를 느끼진 못했다. 노력에 비해 얻는 것이 적었달까? 금세 물려버리고 만다.

실패는 과정에 불과하다지만 그래도 실패는 참 싫었다. 음식은 기분 좋게 먹어야 하는데 맛없는 음식을 억지로 먹는 게 얼마나 고되던지. 가끔은 내 머리에 닭 벗이 자라는 것 같은 환상에 사로잡히기도 했다.

참 우스운 건, 그 덕에 치킨가스가 더 맛있게 느껴졌다는 거다. 첫 시도에 치즈말이나 패티가 아닌 치킨가스에 도전하여 곧장 성공적 결과를 얻었다면, 치킨가스에 대한 감흥은 그리 크지 않았을지 모른다. 그래서 만족했고, 그 오랜 사투가 싫지 않았으며, 내 안에는 한 점의 억울함도 남아있지 않았다. 결국 해냈잖아!

지구인이라면 응당 골칫거리 하나씩은 가지고 있어야 하는 걸까? 마치 그것이 지구인의 생존 조건인 것처럼 끊이지 않고 우릴 찔러대는 뾰족한 문제들 덕에 우리 삶은 절대 지루할 틈이 없다. 늘어나는 살덩이, 냉장고에 방치된 식재료뿐만이 아니다. 가족과 연인, 친구와 동료, 돈과 시간, 옷과 집…… 하나부터 열까지 해결해야 하는 것투성이다.

그런데 말이다. 해방을 꿈꾸는 이가 가만히 앉아 바라기만 한다면 우리 삶이 앞으로 나아갈 수 있을까? 지나가던 외계인이 초능력을 선사한다거나 램프 속 지니가 나타나 소원 세 가지를 들어주는 일이 벌어질까? 그럴 리 없다. 망설이는 건 오히려 스스로 삶의 무게를 더욱 늘리는 꼴이 될 게 분명하다. 나아가긴커녕, 가라앉고 말겠지.

도전하자! 살은 결국 빠지고 내 입맛에 딱 맞는 최고의 음식도 결국은 완성될 테니까. 위대한 반전을 원한다면, 도전이 전제되어야 한다. 어차피 지구인은 이상을 좇아 살아가는 존재 아니던가? 실패하더라도 그 덕에 더욱 맛난 성공을 맛보게 됨을 기억하며, 우리 함께 나아가보세!

로보캅이 좋아하는 음식,

음~치킨!

샨티 샨티 인도 버터 치킨 커리야

견고하게 아름다운 이름이 되어야 한다. 미음으로 각인되지 않기 위해선.

커리를 좋아한다. 3분 만에 뚝딱 만들어 먹는 카레는 그다지 즐기지 않지만, 인도식 커리는 정말이지 포기할 수가 없다. 미슐랭 가이드에서 별 세 개를 받은 식당은 '요리가 훌륭하여 음식을 맛보기 위한 목적으로 여행을 떠날 수 있는 곳'이란 의미를 지닌다고 하는데, 인도 커리 맛집으로 알려진 곳을 일부러 찾아가는 걸 보면 내게 인도 커리 맛집은 미슐랭 3스타의 의미를 지녔다고 할 수 있겠다. 양고기 머튼 마샬라는 새콤하고 매콤한 향신료가 어우러져 양고기의 맛이 더욱더 진하게 느껴진다. 치즈와 시금치로 맛을 낸 팔락 파니르는 깊고도 건강한 맛이 느껴져 역시나 추천할만한 메뉴다. 인도 커리 전문점으로 지금 당장, 가고 싶다!

돈과 시간에 늘 여유가 있는 건 아니었으므로 집에서 흉내를 내기 위해 무진장 애를 쓰곤 했다. 온갖 재료들을 배합하여 여러 번의 실패 끝에 -유튜버들의 힘을 빌려- 비로소 완성된 진짜 커리. 이름하여, 인도식 버터 치킨 커리!

큐브 형태로 썬 닭가슴살을 커리 가루, 소금, 간 마늘에 버무린다. 잠시 숙성했다가 팬에 겉면이 익을 정도로 구워준 다음 잠시 볼에 꺼내두는데, 팬에 눌어붙은 양념이 거슬릴 수가 있지만 사실 그게 핵심이다. 그 팬에 그대로 양파와 토마토, 견과류와 버터, 물을 넣고 바닥을 긁어가며 끓여주면 감칠맛이 제대로 구현될 수 있다. 적당히 끓으면 여기에 각종 향신료를 추가하는데, 가람 마살라와 칠리파우더 등 인도 커리 맛의 핵심인 재료들을 꼭 넣어주어야 한다. 기호에 따라 생크림을 넣기도 하지만 집에 없어서 대신 코코넛 밀크를 추가했다. (생크림은 없는데 코코넛 밀크가 찬장에 있는 이유는?) 가끔 찬장을 열어보면 이렇게 생각지도 못한 재료들이 등장하곤 한다. 여하튼 그렇게 한소끔 끓여준 다음 핸드 블렌더로 몽땅 잘 갈아주면 우리가 아는 인도 커리의 모습이 비로소 갖춰진다. 아, 채에 한 번 걸러주면 토마토 껍질 같은 건더기들이 걸리므로 부드러운 커리를 위해선 필요한 작업이다. 마지막으로 미리 살짝 구워둔 닭가슴살을 다시 넣고 익을 때까지 끓여주면 된다. 물론 인도 커리 전문점 맛에는 한참 못 미치지만 그래도 흉내 정도는 낼 수 있었다. 다음엔 양고기나 소고기로도 도전해볼 생각이다.

그나저나 커리를 먹으면서 꼭 생각나는 게 있다면? 흰 쌀밥? 당연하다. 커리는 밥에 비벼 먹을 때가 제일 맛있다. 난은 어떨까? 인도 커리와 단짝인 난을 버터에 구워 함께 먹는 것도 역시나 빼놓을 수 없지. 그런데 그것 말고, 커리 한 숟갈을 뜨면 곧장 머리를 스치고 지나가는 멜로디가 있지 않나? 재미난 가사와 신나는 가락으로 2010년부터 줄곧 사랑받고 있는 그 노래, 노라조의 <카레>!

노랗고 매콤하고 향기롭지는 않지만 타지마할
양파넣고 감자넣고 소고기는 넣지않아 나마스테
아아 둘이 먹다 하나 죽어도 모르는 이 맛은
왼손으로 비비지말고 오른손으로 돌려먹어라 롸잇 나우
바삭바삭 치킨 카레도 바쁘다면 즉석 카레도 오 땡큐 땡큐

샨티 샨티 카레 카레야 완전 좋아 아 레알 좋아

샨티 샨티 요가 화이야 핫 뜨거운 카레가 좋아

인도 인도 인도 사이다

노라조, <카레> 중

카레만 보면 가장 먼저 연상되는 것이 그들의 노래라면, 그리고 내가 그들이라면, 너무도 영광스러울 것만 같다. 사실 대단한 노래이긴 하다. 가만히 있어도 조빈과 이혁의 목소리가 절로 음성 지원이 될 정도이니, 그들의 영향력은 10년 넘게 대한민국을 뒤흔들 정도라고 해도 과언이 아니지 않을까?

음성 지원이라. 누군가의 목소리가 타인에게 기억된다는 건 어찌 보면 참 부럽기도, 부끄럽기도 한 일이다. 그 목소리가 추억이나 사랑, 축복과 같은 의미로 기억된다면 이루 말할 수 없이 기쁠 테지만 아픔이나 슬픔, 악몽과도 같은 부정적 의미로, 기억되기 싫은 의미로 전해진다면 얼마나 고통스러우며 후회가 될까.

하필이면, 어릴 때부터 남다른 이름 덕분에 사람들은 나라는 존재를 잘 기억했다. 이건 역시나 좋으면서도, 불편하기도 했다. 나라는 존재가 완벽하지 않았으므로. 아니 사실 완벽하지 않다, 정도가 아니라 참 부족하고 때론 미움을 유발하는 나쁜 이름이기도 했다. 어쩌면 이건 지금도, 그럴지도 모른다.

카레, 그러니까 인도 버터 치킨 커리를 먹는다는 건 삶을 차근

231

차근 돌아보는 행위이기도 하다. 지난 삶의 과오들을 떠올리며 한없이 반성할 수 있었으니까, 조금이라도 더 나은 지구인이 되기 위한 다짐을 할 수 있었으니. 물론 반성과 다짐 후에도 계속하여 터무니없는 부족함을 뽐내겠지만, 그래도 기왕이면 나의 노력들을 지구인들이 봐주었으면 좋겠다.

당신도 가끔은 이렇게 직접 인도 버터 치킨 커리를 만들어 먹으며 당신의 하루를 놀아봤으면 좋겠다. 생각보다 당신이 괜찮은 사람이란 것도, 곱씹어보고 말이야.

샨티샨티

카레카레야

아픈 지구를 위하여, 비건 요리 팔라펠

시야를 확장하면 내가 뻗어나갈 활로는 무수히 늘어날 수 있다.

솔직한 고백을 해보자. 나는 절대 비건이 될 수 없다. 고기 없이 못 사는 고기 마니아다. 삼시 세끼 중 적어도, 아니 모든 끼니에 고기가 있어야 살아남을 수 있다. 고기가 아니면 생선이라도……. 그런 그가, 비건 요리에 손을 대기 시작했으니 그건 지구가 아프다는 소식 때문이었다. 완벽한 비건이 될 순 없겠지만, 그래도, 가끔이라도, 어쩌다 한 번이라도, 노력을 해 보고 싶었다.

육식은 탄소 배출량 확대에 큰 영향을 끼치고 있다. 이걸 부정하긴 힘들 것이다. 워낙 많은 이가 육식을 즐기기에 아예 공장식 축산이 이뤄지고 있고, 그로 인해 탄소 배출량은 점점 늘어나게 되었다고 한다. 그래서 환경 전문가들은 지구인들에게 비건을 권장한다. 비건은 탄소중립에 적잖은 기여할 수 있다. 이는 절대적인 육식 마니아에게도 큰 울림이 되었다.

다시 솔직한 고백을 해보자. 나는 절대 비건이 될 수 없다. 없지만, 그래도 가끔씩 비건 요리를 즐길 수는 있다. 이는 누구나 할 수 있는 도전이자, 당위적 행위이다. 그래야만 한다. 지구가 아프다잖아!

내가 선택한 비건 요리는 '팔라펠'이었다. 우리나라 동그랑땡과 그 생김새는 비슷하지만 알고 보면 고기는 전혀 들어가지 않았고 대신 병아리콩이라는, 고소하면서 단맛이 나는 작고 귀여운 콩이 주재료다. 단백질은 물론 비타민C와 식이섬유도 풍부하게 함유되어 있다고 한다. 아, 심지어 칼로리도 낮아서 다이어트 식품으로도 아주 제격인 재료다. 게다가 팔라펠은 (만들기 전까지는) 조리법도 엄청 간단하고 쉬웠다.

병아리처럼 생겼다고 하여 병아리콩이란 이름이 붙은 병아리콩 한 봉지를 구매한 뒤 정말 오랜 시간 물에 넣고 불려야 한다. 거의 하루 24시간이 필요할 정도로 콩을 불리는 과정은 중요하다. 그리고 잘 불린 병아리콩과 양파 한 개, 마늘 두세 알, 그리고 이탈리안 파슬리를 넣으면 좋겠지만 부모님께서 농사지으신 깻잎이 냉장고에 있었으므로 깻잎 세 장, 소금과 후추 약간을 믹서기나 블렌더에 넣고 힘차게 갈아버린다. 다 갈고 믹서기 뚜껑을 열면 아주 산뜻한 색감을 확인할 수 있다. 초록빛이 엷게 물든 갈린 병아리콩은 몸과 마음을 평안하게 해주는 매력이 있다.

그런데 다 갈고 나서부터 문제가 발생했다. 달걀이나 다른 가루를 넣지 않아 점성이 없는 이 녀석들은 아무리 애를 써봐도 도무지 뭉쳐지지 않았다. 베이킹파우더를 넣으라는 조언이 있긴 했으나 정통 팔라펠엔 어떤 가루도 넣지 않는다는 말을 어디선가 들었던 기억이 가루로 손이 향하는 걸 막아 버렸다. 결국 어깨 통증이 밀려올 때까지 오랜 시간 치대준 다음 살짝 냉동실에 얼려주었더니 그제야 조금씩 뭉쳐지기 시작했다. 안되면 될 때까지! 치대고 뭉쳐!

이제 동그랑땡 굽는 것과 완전 동일한 과정이 전개된다. 기름을 두르고, 팬을 달구고, 뭉쳐진 녀석들을 팬에 올리고, 노릇노릇 굽기만 하면 완성. 병아리콩을 갈아 소스처럼 묽게 만든 후무스라는 디핑 소스를 곁들이거나 아니면 편하게 샐러드를 곁들여도 무방

235

하다. 바삭한 식감과 고소함이 어우러진 건강식, 팔라펠. 원래 건강식은 살이 안 찐다. 잔뜩 먹어도 된다! 그리고 그렇게, 거짓말처럼 살이 찌겠지?

지구라는 별에는 항상 이슈가 있다. 그런데 그 이슈가 지구인 한 사람 한 사람의 피부에 닿기엔 그 거리감이 상당하다. 그래서 다들, 외면하기 일쑤다. 안타깝게도 이슈들의 먹이는 사실 외면이다. 외면하면 할수록 몸집을 잔뜩 부풀려 지구인들과의 거리를 좁혀나간다. 그리고 나서야 지구인들은 후회하겠지? 그러지 말았어야 했는데, 라는.

감히 당신에게 외친다. 이 글을 읽는 당신이 지구인이라면, 외계인이 아니라면, 이제 '외면'이란 먹이를 주는 일을 멈추어보자. 조금만 고개를 돌려보면 당신에게 다가가는 수많은 이슈들이 당신을 호시탐탐 노리고 있음을 알 수 있을지니 아픈 지구를 위하여, 가끔은 비건 요리 팔라펠을 즐겨보는 건 어떨까?

병아리콩이라니, 먼가

간지가 철철 넘쳐 흐른다..

글맛은 좀 괜찮았는지 모르겠습니다

비싸고 화려한 음식일 수도 있었겠죠. 레스토랑 전문 셰프의 솜씨가 녹아든 정갈한 플레이팅일 수도 있었을 테고요. 그런데 말이죠, 전 정말이지 그런 얘길 하려던 게 아닌걸요.

여유로운 주말, 아침도 점심도 아닌 시간에 일어나 머리도 감지 않은 채 냉장고에 있는 무어든 꺼내 기름 두른 팬에 와장창 쏟아놓고 그렇게 대충 볶아 먹는 평범한 하루. 늦은 밤, 허기진 속을 달래기 위해 어머니가 싸주신 김장김치 송송 썰어 참기름에 버무린 뒤 삶은 소면에 양껏 올려두고 그렇게 야무지게 비벼 먹는 소중한 하루. 그런 얘길 하고 싶었습니다.

우리 모두의, 가장 보통의 이야기 말이죠.

음식은 살짝 거들기만 했습니다. 그저 지구인 중 당신이란 지구인은 유일하단 걸, 그래서 당신 삶에선 당신이란 지구인이 주인 공이란 걸, 이것만 기억해줬으면 합니다.

허기진 이에게 차려진 국밥처럼 따스하고 든든한 그런 글을 쓰고 싶었고, 온기와 정이 가득하다 못해 흘러넘치는 소중한 출판사를 만난 덕에 다행히, 결실을 보았습니다. 여기서 만족하진 않을 겁니다. 멈추지 않고 부지런히 쓰고, 또 쓰려합니다. 이 세계에 굶주린 이가 모두 사라질 때까지, 쭈욱.

언젠가 당신이 괴로움에 지쳐 슬퍼하고 있을 때, 문득 이 책이 떠오르길.

그래서 절로 따스하고 든든해지길.

2024년, 어느 여름날에

기라성

야무지게 비벼 먹는 소중한 하루

초판 1쇄 발행 2024년 6월 26일

지은이 기라성
펴낸이 박경애
편집 박경애, 정천용
표지 디자인 정은경
표지 일러스트 유자

펴낸곳 자상한시간
출판등록 2017년 8월 8일 제 320-2017-000047호
주소 서울시 관악구 관천로 20길 27, 201호
이메일 vodvod279@naver.com

ISBN 979-11-982403-8-5 03810